힐베르트 고양이
제로

힐베르트 고양이
제로

함기석 시집

민음의 시 211

민음사

나는 (　　)다

2015년 여름
함기석

차례

1부

2부

3부

4부

1부

오르간

바다 한복판에 오르간이 환하게 떠 있다
누구의 익사체일까

새들이 건반에 내려앉을 때마다
밀물과 썰물이 반음 차로 울리고

파도가 모래 해변으로 나와
하얀 혓바닥으로
사람 발자국을 지우는 시간

게들이 하늘을 본다
북극성 조등(弔燈)에 환하게 불이 켜지고
원을 그리며 도는 별들 음표들 시간들

누가 주검을 연주하는 걸까
건반 사이에서 새들이 날아올라
캄캄한 허공으로 흰 쌀알처럼 흩어지고 있다

어느 악사의 0번째 기타줄

흥부가 기타로 변한 여자가 어둠 속에서
늙은 몸을 조율하고 있다
심장을 지나는
여섯 개의 팽팽한 핏줄들

눈을 감고 첫 번째 줄을 끊는다
금세 깨질 것만 같은 울림통에서
새들이 날아오르고
핏물이 저음으로 흐른다

기억은 동맥으로
망각은 정맥을 타고
심장 아래
시간의 텅 빈 자궁 속으로 흐른다

여자는 어둠을 안으로 삼키고
두 번째 줄을 끊는다
음의 물결 사이로
죽은 아이의 얼굴, 말들의 울음이 떠돌고

구름이 흘러나온다
내장이 훤히 비치는 구름

마지막 줄을 끊자
아이가 잠든 숲, 숯보다 어두운 숲의 지붕으로
연못이 떠오르고
여자의 몸이 묘비처럼
밤의 낮은음자리표 쪽으로 기운다

시간이 타 버린 얼굴엔
검은 반점들이 추상 문자로 남아 있고
핏물은 점점
소리 없는 음이 되어
생의 늑골 밑으로 어둡게 번져 간다

신음 속에서 0번 줄을 퉁긴다
울림통 가장 밑바닥 샘에서 통을 깨는 음
침묵이 흘러나온다
아이가 기르던 은빛 물고기들이 나와

공중의 연못으로 헤엄쳐 가고
시계들이 날개를 활짝 펴고 0시의 바깥 세계로 날아간다

하늘엔 주름진 바위, 누가
악사의 혼을 저 어둡고 축축한 천공에 옮겨 놓았을까
기타에 붙은 두 손이
흰 새가 되어
숲의 적막 속으로 무한히 날아간다

부음(訃音)

첫눈이다
생선 장수 트럭이 지나간 복대놀이터 골목
유모차에 내리는 흰
사과 꽃이다

아기가 살짝
맨발로 디디면
사과 향, 차고 흰 웃음이 간질간질 발가락을 타고
얼굴로 올라와
팔랑팔랑 나비가 되어 날아가는

첫눈이다
먼 훗날, 죽음이 빈 배를 나의 집 마당으로 밀고 올 때
노을 속에서 들려올
물새 소리

오늘 밤 그 소리
뒤뜰에
차곡차곡 쌓인다

양배추는 날 뭐라 생각할까

식탁에 사과가 없다
햇빛에 물고기처럼 파닥거리던
오후가 없다
빈 의자와 마주앉아 깔깔거리던
여자도 없고
네 머리통 같은 양배추를 찍어 허공에 들어올린
투명한 포크만 있다

없는 여자가 웃는다
없는 사과를 한 입 와삭 베어 먹고는
포크에 찍힌 이상한 양배추 행성을 바라본다
행성 아래로

낱말들이 날고 있다
비행접시들이 날고 있다
어두운 운석들이 떠가고 있다
없는 여자의 제로(0) 모양 검은 입으로 빨려 들어간다
빛도 시간도 사물들도 모두 빨려 들어간다
없는 여자의 없는 눈이 웃는다

타원형 식탁에 타원이 없다
구름과 새들이 날아와 없는 여자와 깔깔거리는
저녁의 식탁에 저녁의 불알이 없다
나도 없고 나의 말들도 검은 나비가 되어
여자의 입 속으로 빨려 들어가고
식탁엔 식탁조차 없다

저녁이 사과처럼
둥글고 빨갛게 익어 간다
식탁은 없는 식탁들로 무수하여 끝없이 팽창하고
없는 여자가 냠냠 양배추를 먹기 시작한다

힐베르트 고양이 제로와 발발이 π

수학과 이교수를 따라 제로와 발발이 π가 캠퍼스를 걷
고 있다
연못 중앙엔 가시연꽃, 잉어들은
빨간 비키니 수영복을 입고 폐곡선 놀이에 빠져 있고
나무는 한쪽 발이 없는 불구의 컴퍼스여서
제로는 누구의 고통도 측정하기 싫은 우울한 짐승이다

좀 빨리 걸어라 발발아, 나의 말은 지름이 점점 커져서
넓이를 측정할 수 없는 비문이 되고 있다
교수님 말은 비문도 법문도 아니에요 걸어 다니는 성기
예요
코를 쿵쿵거리며 π는 이교수가 뱉는 말을 핥는다
제로의 그림자 원은 각(角)의 나라로 망명하고 싶다

발발아, 인간은 누구나 비문이다
너는 먼지와 거품이고
난 진흙과 한숨으로 이루어진 바퀴고 체인이다
연못의 눈동자에 담긴 구름이 무한히 확장되어 없어지고
원은 자기의 생을 사고의 살인에 허비하고 있다

고로쇠나무가 흘리는 수액은

고로쇠나무의 피고 사상이고 가설이고 수식이다

수식은 몸속에서 자라는 뼈, 죽음에 뿌리를 내리는 식물이다

발발아, 너는 너의 죽음을 어떤 수식으로 증명할 거니?

원은 제 육신을 구성한 같은 거리의 점들을 회의한다

교수님, 어떤 이론은 대못이에요

눈동자에 박힌 달이 대낮에 예수처럼 울고 있다

교수님, 보세요 못에 박혀 붉은 녹물이 뚝뚝 흘러내리는 세계

말라죽은 오동나무 밑엔 검은 돌이 우는 흰 그늘

원은 구르며 보이지 않는 발발이의 꼬리 끝을 응시한다

무한한 하늘 저편에서 거대한 시계초침이 거꾸로 돌고 돈다

3바퀴 2바퀴 1바퀴 0바퀴 -1바퀴……

연못 중앙엔 폭탄처럼 터진 가시연꽃, 잉어들은

수영복을 찢고 폐곡선을 찢고 까마득한 공중으로 헤엄

쳐 오르고

원의 중심 0에서 죽은 새들이 분수처럼 난다

레몬은 시다

침대 끝에 등을 돌리고 앉아 있다
언어가 알몸으로

빈 컵에서 새가 날아오른다
꽃은 없고

꽃 그림자 속에서
누가
흘러내리는 내 몸을 마시고 있다

취한 밤, 마스크 쓴
여자가
하늘의 터널 속으로 흰 과일차를 몰고 간다

레몬은 새처럼 자고
방을 가득 채운 지름 4m의

노란 공(空)

유령 슈뢰딩거

내일이 왔다
어제의 진눈깨비가 왔다
밀폐된 잠이 왔다
고양이가 갇힌 유리상자가 왔다
나와 눈이 마주치자 코펜하겐 하늘에 숫자비가 내리고
내일이 백지에 피를 쏟았다
벽에서 독초가 돋고 내 눈에서 쏟아진 나비들이 말랐다

나는 머리가 아파 슈뢰딩거 파동방정식을 풀었다
계단을 타고 마이너스(-)양이 왔다
엠(m)군이 왔다
등에 어제의 나를 찌른 단도가 꽂혀 있었다
일주일 후의 꿈도 왔다
꿈은 발목 잘린 짐승이 배회하는 거리였고 플랑크 상수가
제트기가 되어 날아다녔다
공중에서 할퀸 살들이 떨어지고 내일에서 어제로 그제로
숫자 우주선들이 계속 날아갔다

창공이 찢어지고 대기에 창백한 물리방정식이 기록되었다

수식은 욕망하는 짐승이다
풀리고 싶어 얼굴에 유인용 피를 바른 냉혈의 짐승들
매시간 내가 살아 있을 확률은 0.5
부호들은 암벽에서 떨어진 내 육체의 형상으로 악몽을
꾸고
내일의 진눈깨비가 왔다
두 번째 상자가 왔다
포장을 뜯으니 파란 양파였다
눈이 사라진 고양이의 얼굴이 무한히 벗겨지고 있었다

검은 눈이 왔다
나는 눈 내리는 프사이 숲에서 길을 잃고 굶주렸다
저승 시(市)에서 긴급 호출이 왔다
청록색 수의를 입은 시집들이 차례차례 나를 찾아왔다
슈뢰딩거 유령도 왔다
독초를 씹고 우린 입술이 검게 타 변했다
지워지지 않는 웃음을 남기고 지워진 수식이 되었다

화가 난다

돌을 보고 새를 그린다
돌에서 흘러나오는 하늘을 그린다
돌의 숨소리를 그린다

의자를 보고 말을 그린다
말의 날개를 그린다
말의 자궁과 무덤을 그린다

눈을 그린다
눈의 실종을 그린다
그늘 속의 죽은 빛, 빛의 사체들을 그린다

시간이 뜨거운 수은처럼
광대뼈를 타고 나의 얼굴을 녹이며
무의 미궁 속으로 흘러내린다

말이 날아간 창 아래
깨진 유리 조각, 피 묻은 살점들이 떨어져 있다

이봐요 난다!
저 이상한 공기 방울들 좀 봐요
그림을 찢고 나온 새가 말한다

빛의 난간으로 가 밖을 내다본다
귀들이 떠다니는 기이한 바다에
화실이 거대한 머리가 되어 둥둥 떠가고 있다

물속에 잠긴 빌딩 외벽마다
사람들이 따개비처럼 다닥다닥 붙어
숨을 헐떡이고 있다

밤의 실내악

고양이 체셔가 웃으며 건반 위를 걷는다
연주가 시작되고
오르간 양쪽에 불이 켜진다
양초 대신 손이 꽂혀 타는 두 개의 촛대

오르간 앞엔 팔 없는 소년
(   )가 앉아 있다
괄호의 눈에서
푸른 쇠구슬이 반음 차로 떨어질 때마다
체셔는 체셔체로 걸음을 옮긴다

원 스텝 투 스텝, 반음 쉬고
흰 건반 검은 건반, 다시 반음 쉬고
점프해 발을 바꾸는데
음에 맞춰 혀를 날름거리는 사색가가 나타난다
붉은 줄무늬가 또렷한 뱀

고양이가 앞발로 톡톡 건드리자 뱀은
머리를 빳빳이 세우고

체셔의 웃음과 ( )의 사라진 팔을 번갈아 쳐다보다
발 달린 음표들을 따라 없는 발로
침묵 속으로 간다

체셔는 웃으며 다시 체셔체로 걷는다
건반 사이에서
날개 가득 ( )색 피를 묻힌 새들이 날아올라
밤의 동공 속으로 날아간다

종이비행기

달에서 심장박동 소리가 들린다
달에 임신 4개월 된 태아의 모습이 비친다
까만 눈과 실핏줄들, 달의 노란 젖물이 탯줄을 타고
아기의 배꼽으로 흐른다
아기는 왼손 엄지를 물고 무슨 꿈을 꾸고 있을까?

아기가 살짝 발가락을 움직이자
달의 아래쪽 분화구에서 물고기들이 쏟아진다
푸들푸들 허공을 건너 지구로 헤엄쳐 온다
그녀가 서 있는 도시의 강으로 퐁당 퐁당 뛰어든다

그녀는 콘크리트 강둑에 서서
밤이 노 젓는 소리를 듣는다 자궁이 적출된 배를
둥글게 쓰다듬으며 유산된 아기의
터트리지 못한 첫울음을 환청으로 듣는다
전생이 그녀의 몸을 지나 내생으로 흘러가는 물소리

바람이 그녀의 머릴 빗질하며 암말처럼 운다
찬 손으로 제 몸의 핏줄들을 튕겨
음악을 연주하는 나무들

기억의 옹이들이 음표 무늬 새가 되어 하늘을 날기까지
그녀는 얼마나 많은 불면의 밤을 아팠을까

물고기들이 푸들푸들 어둠을 역류하는 소리
자장자장 흘러 생의 바닥으로 퍼지는
저 검은 물빛 파문들
밤의 들숨과 날숨 사이에서 새 잃은 나무처럼 여자는
강둑에 꽂혀 빈 가지만 흔들고

방향 잃은 깃발들이 펄럭이는 콘크리트 선착장
팔분음표 머리를 한 소녀들이
깔깔깔 호호호 지나간다
아이들 안개꽃 웃음소리가 둑을 따라 하얗게 번지는 밤

그녀는 젖은 눈을 여미고
밤하늘을 16절지만큼 오려 비행기를 접는다
아기의 유산된 꿈이 담긴 악보를 그려
달의 뒷면으로 날린다
오늘밤 죽은 아기는 무슨 꿈을 꾸고 있을까?

죽은 새를 위한 첼로 조곡

눈이 내린다
하얀 물고기들이 헤엄쳐 다니는 공중에서
아름답고 슬픈 선율이 들려온다
그는 걸음을 멈추고 귀를 세운다
회화나무 가지에 슬레이트집 둥지가 걸려 있다
창가에서 새가 첼로를 켜고 있다

그는 나무를 올라 슬레이트집 거실로 들어간다
창가에서 꽃들이 어두운 기침을 한다
파란 깃털의 새 한 마리 악기를 내려놓고
홀로 술을 마시고 있다 겨울 내내 지나온 허공의 길
길의 상처와 고독을 마시고 있다

창밖으로 반짝반짝 눈이 내린다
눈송이 사이로 등줄기가 아름다운 바람이 지나간다
그가 다가가 첼로를 만지는데
벽의 영정 사진 속에서 어린 새가 환하게 웃는다
오빠! 새가 부른다
그는 깜짝 놀라 뒤돌아본다 그 순간

가지에 수북이 쌓여 있던 눈이 얼굴을 덮친다
그는 정신이 번쩍 들어 주변을 둘러본다
어린 새도 술을 마시던 새도 보이지 않고
눈보라 속으로 사라지는 유년의 슬레이트집이 보인다
눈 덮인 회화나무 빈 가지 끝에
죽은 새의 눈을 닮은 열매 하나 얼어붙어 있다
그는 열매를 따 입에 넣고 나무를 내려온다

바람이 분다 툭!
가지 끝에 달린 마지막 이파리가 발아래로 떨어지고
그는 쓸쓸히 회화나무 흰 그늘을 떠난다
그가 혀로 언 열매를 녹이며 레테의 마을을 도는 동안
하늘에서 어둠이 방울방울 떨어지고
어디선가 아름다운 첼로 선율이 계속 들려온다

괴델 플라워

이명을 앓는 나의 귀다
설탕이 검게 녹고 있는 눈동자고 폐가 폐가로 변한
휴일의 뒤뜰이다

생크림과 빛과 살이 격렬하게 뒤섞인 캔버스
형체와 색을 삼켜 버린
여자의 입이다

나는 상수 C, 음일 수도 양일 수도 있는 씨
허공에 뿌리내린 추상 식물이다
그곳은 영원히 개화 방정식이 진행되는 고통의 땅이어서

밤은 밤의 눈동자 속에서 내 주검의 연속체다

시간은 입체를 버린 그림
꽃은 가설도 증명도 없는 잔혹극 육체

날개 잃은 나비 한 쌍이
꽃이 앓는 현기증 따라 빙빙 원무를 그리고 있다

일출

싱싱한 새벽하늘을 데리고 의사가 분만실로 들어간다

팽팽한 대기
팽팽한 지평선
차디찬 적막이 흐르고 적막이 흐르고

눈 덮인 들판 끝으로
먹물처럼 퍼지는 여인의 외마디 비명

놀란 새가 푸드덕 허공에 희디흰 칼금을 긋는다

하늘의 회음부가 예리하게 절개되고
아기 울음 터진다
사방으로 빛이 터진다

눈 뜨는 돌
눈 뜨는 대지
샘물이 걷기 시작한다

훌라후프 돌리는 여자

훌라후프 속으로
푸른 하늘이 빨려 든다
새들이 빨려 든다
집들이 빨려 들고
나무들이 빨려 들고
계단들이 빨려 들고
길들이 꼬리를 물고 빨려 든다

배꼽을 드러내고
여자는 훌라후프를 돌린다
그녀의 배꼽은 고독한 입
우주의 블랙홀
훌라후프가 그리는 타원궤도를 따라
색깔들이 들어오고
소리들이 들어오고
계절들이 바퀴를 달고 들어온다

오토바이 탄 피자 배달부가 들어와
빙글빙글 돌다

명왕성 뒷골목으로 가고
비행기가 빨려 들어와 형체 없이 부서지고
슈퍼맨이 빨려 들어와
여자의 허리를 일곱 바퀴 반 돌고는
우주 끝으로 날아간다

여자는 웃으며 엉덩이를 돌린다
여자의 웃는 엉덩이 곡선을 따라
하하하 햇빛이 들어오고
호호호 바람과 그늘이 들어오고
구름과 글자들이 빨려 들어와 빙글빙글 돌다가
무채색 웃음을 흘리며
탯줄을 따라
그녀의 몸속 더 깊은 우주 속으로 흘러든다

미스 모닝과의 아침 식사

모닝양은 매일 다른 방향에서 나의 집을 찾아와
늘 다른 자세로 앉아 수프를 먹는다
지금 현관엔 그녀의 노란 비옷이 걸려 있다
간밤 내내 천둥이 치고 비가 내렸다

어젠 어디서 잤어요? 내가 묻자
그녀는 수건으로 젖은 머리를 말리며 말없이 웃는다
나는 늘 그녀가 어디서 오는지 궁금한데
그녀는 잔잔한 물결처럼 미소만 짓는다

그녀가 수프 그릇이 놓인 식탁에 앉을 때
이마를 가린 머리칼이 옆으로 흘러내렸다
깊은 상처가 나 있다
피는 멈추었지만 파인 자국이 또렷하다

왜 그래요?
나는 얼른 약상자를 가져와
하얀 솜에 빨간 소독약을 적셔 이마에 대어 준다
식사를 하면서 가만가만 그녀의 눈을 본다

기린처럼 불안하게 떨고 있다

도대체 간밤에 무슨 일이 있었던 걸까?
그녀는 점점 초조해하다가 숟가락을 떨어뜨리고
포도주스가 든 컵을 내 바지에 엎지른다
괜찮아요! 내가 화장지를 뽑아 바지를 닦는데

그녀는 울음을 터트리며 밖으로 뛰쳐나간다
나는 얼른 일어나 현관으로 간다
그녀의 체취가 스민 하얀 수건을 뺨에 대고
목이 긴 골목으로 사라지는 그녀의
뒷모습을 오랫동안 바라본다

2부

백령도

해안 철책에 버려진 군화 속에서 달이 흘러나온다

군화 속엔 한 쌍의 물새
몽금포에서 날아와 목포항에서 날아와
신혼부부가 된 빨간 꽁지 물새

상처 난 부리로 상처 난 가슴을 쓸어 주다
알을 품고 곤히 잠들어 있다
날개에 날개를 포갠 채
서로의 아픈 꿈 꾸어 주고 있다

군화 속에서 은하수 흘러나와 밤하늘로 퍼진다

첫 데이트

네 시를 생각한다 세 시에
네 시는 약속 시간이고 라일락의 농담이고
네 시는 톡 쏘지만 향기롭다

편의점을 지나
나무 간판이 아름다운 죽집을 지나
네 시에 도착하기 위해
은행나무 길을 지나 커브를 돌아

너의 촉촉한 입술
너의 웃는 코
너의 눈썹, 그 웃는 방파제를 떠올리며
네 시에 도착한다
네 시의 카페 섬에 앉아 기다린다
섬 밖으로 사람들이 게처럼 분주히 지나다닌다
그러나 너는 없고
빈 하늘에 빈 파도만 바람에 일렁인다

네 시의 시계를 뒤로 돌리고 다시

네 시를 기다린다
새들은 공중에서 그네를 타며 허공과 놀고
손이 찬 공기가
어린 나무들의 뺨을 쓸고 지나간다

수평선이 보이지 않는 섬에 앉아
네 시를 생각한다 다섯 시에
여전히 너는 오지 않고 저녁이 혼자 걸어온다
네 시에 네가 없고
네 시에 사라진 빈 하늘 가득 아름답고 아픈
노을이 번진다

호른 속에 사는 사람

눈길에서
눈을 잃고
길을 잃고
호른 속으로 미끄러진 사람
호른 속 깊고 어두운 방에 쓰러져
흰 피를 흘리다
흰 잠에 빠져든 사이
잠이 녹고
꿈이 녹고
기억이 녹고 이름이 녹고
살마저 녹아 얇게 퍼져 흐르다
호른이 된 사람
호른 속에서 영원히
어른 속으로 돌아오지 못하는
사람이었던 사람
새도 나무도 잠든 추운 겨울밤
호른 속에서 잠을 뒤척이며
찬 달빛 분사하다
찬 숨결 분사하다

영원히 소리가 되어 버린 사람
영원히 악기가 되어 버린 사람
오래전 나를 떠난
오래전 나를 버린
찬 금속의 피를 가진 그 사람
가끔 삶이 시리고
시가 시릴 때 내가 불면
하얀 물뱀 머리 달린
하얀 안개가 되어
검은 농담처럼 천천히 대기를 흐르다
내 몸을 부드럽게 휘감는
하얀 가슴 달린
하얀 입술 달린

저녁의 비행운(飛行雲)

아픈 아이를 안고 창밖을 바라본다
내일이 어린이날인데 하늘엔 어두운 핏줄만 뻗어 가고
내가 가꿔 온 꿈이 사마귀처럼 사각사각
내 내장을 파먹고 아이의 웃음을 파먹고 있다
옆집 무화과나무 아래 싹튼 상추들이 모두
만 원짜리 지폐로 보인다
저 싱싱한 지폐에 구름과 삼겹살을 싸 배터지게 먹고
돼지가 되고 싶은 날이다
대문가 목발을 짚고 올라온 어린 나팔꽃이
환하게 웃으며 나를 쳐다본다
저녁의 눈동자는 점점 커져
서녘 하늘 전체가 붉은 갯벌로 변해 가고
벼랑이 보이는 해안으로 새들이 날아간다

햇살 하나가 가만히 다가와
아이의 상처 난 뺨을 혀로 핥아 준다
흰 이가 막 돋아난 햇살의 빨간 잇몸
공기들이 만드는 투명한 파도가 쉼 없이 일렁이고
아이는 약에 취해 잠든다

나는 아이 등을 다독거리며 놀이터 모래밭을 바라본다
아침부터 온종일 허공을 날다 저녁에
모래밭에 떨어져 죽은 새
새가 남긴 마지막 무늬와 추상의 발자국들이
사람의 문장보다 아픈 저녁이다
나는 잠든 아이를 꼭 안고 속으로 울음을 삼킨다

점점 붉게 지쳐 가는 하늘과 대지
저 두 장의 입술 사이로 터져 나오는 검붉은 침묵들
거미의 입으로 들어간 벌레와 빗방울과 어둠이
환한 허공의 집이 되기까지
삶의 습한 저지대를 비행하는 아픈 비행운들
멀리서 석양에 젖은 새들이 하늘을 돌고
나무의 혼들이 죽은 나뭇가지 끝에서 빠져나와
찬 물결처럼 고요히
허공 저편으로 퍼져 가는 것이 보인다

단 한 사람

열쇠를 잃어버렸나 보다 개는
어두워오는 집 대문에 쪼그리고 앉아
눈을 맞고 있다
눈사람은 없고 눈사람이라는 소리만
버려진 고양이 모습으로 돌아다니는 복대동 골목

개는 오랫동안 고양이 눈을 쳐다보다가
빨간 방울넥타이를 앞발로 여미고는 컹컹 짖는다
다른 개들이 힐끔거리며 지나간다
모두 목에 황금색 열쇠를 걸고 있다
개들의 냉소와 비웃음소리 위로 차곡차곡 눈이 쌓인다

개는 코끝에 쌓이는 박꽃 눈을 핥아 본다
혀가 아리다
추운 겨울밤, 집은 없고
집이라는 낱말 속으로 들어가 잠들어야 한다는 거
그 열쇠마저 잃어버렸다는 거

눈사람이 온다

그도 신발을 잃어버렸나 보다

어두운 집 대문에 맨발로 서서 오랫동안 개를 바라본다

아무것도 가지지 못한

단 한 사람

아내가 내온 육면체 큐브

묵은 접시 위에서 갈색 잠을 자고 있다
묵은 아내가 잃은 자유를 닮았다
묵은 물컹거리는 아내의 속울음이 담긴 육면체 바다
내가 손가락으로 툭 건드리자
묵 속의 침묵이 둔중하게 손을 타고 파도가 되어
내 심장을 울린다

햇살이 가늘고 긴 수십 개의 바이올린 줄이 되어
묵의 지붕에 내리고 있다
내가 젓가락으로 톡, 가장 가늘고 가난한 햇살 하나를
튕기자
아내의 까만 눈망울 닮은 음들이 일렁일렁
찬 물결처럼 퍼져 오고

접시꽃 빈 꽃방에서
저녁이 줄 없는 바이올린을 켜며 오래도록 나를 쳐다
본다
쇳덩이 같은 고요가 흐르고
아내의 아픈 속살이 내 입술에 닿는 첫 느낌으로

밤이 온다

묵 속에 밍크고래가 잠들어 있다
묵 속 어두운 바다에서 밤마다 고래의 긴 울음이 울려
온다
저 덩치 큰 아내의 울분이 정말로 눈을 떠
묵 밖으로 헤엄쳐 나와 통째로
날 삼켜 버릴 것만 같아 나는 촛불처럼 초조하다

찬 젓가락 빨며 마당을 본다
달빛이 누런 진흙투성이 개가 되어 폴짝폴짝 뛰놀고
있다
내가 짜증을 내며 젓가락 하나를 집어던지자
없는 꼬리를 살랑살랑 흔들며 뒷간으로 도망쳤다가는
대문으로 쏘옥 다시 들어온다

묵은 접시 위에서 고요히 요동치고 있다
묵은 꿈꾸는 혁명가고 항거 중인 상자고 변장한 선인장
이다

내가 남은 젓가락을 꽂자
묵은 안으로 젓가락을 삼켜 묵은 나를 삼킨다
아내의 찬 손이 내 울음 우는 등에 닿는 첫 느낌으로
밤이 깊어 간다

코흐 해안

두 아이와 아내가 모래밭에 누워 발가락 튕기기 놀이를
한다
밀물이 혀로 발바닥을 간질일 때마다
아이들은 깔깔거리며 발가락 끝으로
섬과 배와 집 들을 튕겨 수평선 위 하늘로 날려 버린다

나는 혼자 해안선을 걷고 있다
벼랑 위엔 고사목들, 죽은 나뭇가지 끝에서 허공으로 이
어진
흰 계단들이 보이고
서쪽 하늘에 수십 개의 서랍이 달려 있다
서랍이 열릴 때마다 먼저 죽은 자들의 팔이 나와 손을
흔들고
태양에서 끝없이 모래가 흘러내린다

모래언덕엔 언어와 죽음이 맞붙어 뒤엉킨 샴쌍둥이 등
나무
가지 끝 빈 둥지에서 보이지 않는 새가
보이지 않는 알을 품고 있다

언덕 아래로 세 명의 내가 나란히 걸어오고 있다
맹인이 된 노인과 몸 전체가 검게 탄 아이와
사람의 가죽을 뒤집어쓴 네 발 짐승

새들이 소금물에 상처 난 발을 씻고 공중의 묘역으로
난다
아이들은 계속 깔깔깔 떠들고
걷고 걸어도 끝이 닿지 않는 기이한 해안선
세 명의 나는 다시 삼백 명의 나, 삼천 개의 모래알로 흩
어지고
죽어 가는 자의 입술에 닿는 가냘픈 숨결처럼
나풀거리는 파도

사람의 속말은 자신조차 볼 수 없는 자기 생의 해구로
쓸쓸히 침몰하는 배다
관 뚜껑을 열어 마지막으로
흰 옷을 입고 잠든 자신의 손을 어루만지듯
바람이 물과 빛으로 쓰는 모래의 백색유서를 읽고 있다

벼랑 끝에서

검은 눈을 주렁주렁 단 만뎋브로나무가

아이들과 아내가 뛰노는 모래밭을 오래도록 쳐다본다

간병

내가 낑낑거리며
지하실을 업고 옥상으로 올라갈 때
아내는 옥상에서 핏물 뺀 아이의 빨래를 널고
흐린 하늘을 착착 접어 계단을 내려온다
나는 창문을 활짝 열고 햇볕과 바람에 지하실을 말린다
하늘 한복판을 푸욱 찢어 지하실 벽에 바른다
구름을 떼어 천장에 달아놓는다

찢어진 하늘에서 등 푸른 물고기들이 쏟아진다
푸들푸들 지느러미를 흔들며 지하실 창으로 들어온다
아이가 분홍 채송화처럼 웃는다
와 아빠! 꿈을 꾸는 것만 같아
높은 곳으로 올라오니까 훨씬 덜 아파

내 귀가 어둠속 필라멘트처럼 가늘게 떤다
약봉지를 쥐고 웃는 아이의 얼굴이
맨드라미처럼 환하다
오랜만에 해맑게 웃는 아이의 까만 눈동자 속에
핏물 번지는 도로가 보인다

앰뷸런스가 달리고 응급실 문이 열리고……

아이의 가냘픈 숨결처럼 일렁일렁
잔물결 타고 혈관 속으로 퍼져 가는 햇빛 가루약들
아이는 금세 약에 취해 잠들고
나는 아이를 꼭 안고 둥지 잃은 새처럼 빛 속에
빈 울음으로 서 있다
노란 나비 하나, 우표처럼 빙빙 공중을 돌며 천천히
맨드라미 빨간 잇몸에 내려앉고

아이가 단 꿈을 꾸는 동안
옥상엔 어린 물고기들 푸들푸들 헤엄친다
나는 지하실을 업고 더 높은 구름층으로
한 걸음 한 걸음 올라가고
아내는 깨끗하게 빤 하늘을 활짝 펴 빨랫줄에 넌다
아이의 옷과 내 양말 사이에
하얗게 세탁된 어둠 석 장을 널고는
젖은 머리를 탈탈 털며 공중의 계단을 올라온다

약속

푸른 말이 끄는
푸른 마차를 타고
너에게로 간다
해를 싣고
달을 싣고
눈보라 치는 들을 지나
폭풍우 치는 밤을 지나
너에게로 간다
한 알만 떼어먹어도
육체의 모든 고통이 사라지는
뽈랑 포도를 싣고
한 모금만 마셔도
영혼의 모든 상처가 아무는
뽈랑 샘물을 싣고
너에게로 가고 있으니
깊은 밤
장미로 변장한 죽음이 몰래
창가로 다가와
붉은 입술을 내밀어도

그 가시투성이 살갗에

입 맞추면 안 되오

약속해 주오

조약돌

뒤척이는 새다
이마엔 가는 실핏줄, 심장은 어린 촛불처럼 할딱거리고
날개는 백합처럼 접혀 있다

얼음에 살을 대고
대지는 가까스로 숨을 쉰다
물새 떼 떠난 수면엔 파르르 떨다 언 밤물결
어둠 속에서 누가 소리 없이 안으로
울고 있다

가만히 깃털에 볼을 댄다
파랗게 언 살 사이로 내 가난한 체온과 숨결이 퍼지자
가늘게 눈을 뜨는 새

상처 난 부리에서
하늘이 흘러나오고 꿈들이 쏟아지고 태고의 시간이
검은 물이 되어 흘러나온다

내가 살짝 새의 가슴에 입 맞추자 새는

아픈 날개를 펴더니
딱딱한 공중을 뚫고 날아오른다

튜브

계곡에서 물놀이를 하다가
딸아이의 발을 씻긴다 발가락 사이에서
작은 꽃무늬 피딱지가 떨어진다

선홍빛 꽃물 방울들이 아른아른 햇빛에 반짝거리다
내 신발과 함께 계곡 아래
소용돌이 폭포 속으로 휘말려 들어간다

발바닥을 간질이자 아이는 깔깔깔 웃는다
햇살도 물도 발가락도
아이를 바라보던 바위들도 웃는다

나는 아이의 보드라운 발을 꼭 잡아 뺨에 대고
아이를 안고 맨발로 넘어야 할
생의 가파른 칼바위 능선을 바라본다
구름 사이로 시간을 적재한 화물지하철이 달리고

나무 그늘 속에서 빛들이
검은 사제 옷을 입고 나를 쳐다본다

바위에 음각된 옛 글자들, 소리 없이 메아리치고
아이를 안은 채 그대로 나뭇잎 되어
돌 속의 마을
그 깊은 우물 속으로 둥둥 떠내려가면
태고의 하늘이 나올 것 같은

저녁이 오고 밤이 오고
사람들이 돌아간 컴컴한 계곡물에 아이가 타고 놀던
붉은 튜브가 내 심장처럼 떠 있다

찡찡공주가 잠든 봄밤

약지를 만지며 창가에서
캄캄한 밤하늘 통장을 바라본다
먹구름 뒤에서 천천히 이마를 내미는 달
잔고 제로를 가리키며 웃는 저 둥근 얼굴

달빛은 링거액처럼 방울방울 지붕으로 떨어져
마당으로 흐르고
베개 맡에서 아내는 소리 없이 눈이 젖는다
아내의 눈물은 뺨을 타고
다섯 살 우리 찡찡공주님 잠든 손바닥에 고인다

손금이 비치는 그 작은 연못엔
금붕어가 헤엄치고
아이의 웃음 먹고 자라는 물풀들이 산다
소금쟁이가 살고 개구쟁이 샘물새우들이 산다

나는 언제쯤
지폐로 접은 종이잠수함 타고
저 깊이를 알 수 없는 연못 바닥에 닿아

환한 오렌지 달 달아 주고
어린 새우들과 하하하 놀 수 있을까

마당엔 얼굴 잃은 해바라기
웅덩이에 비친 노란 반지 바라보다 창으로
없는 눈을 돌린다

이타사(利他寺) 입구

낮에 도축장에서 죽은 돼지를 안았던 팔뚝과 가슴으로
그는 아이를 안고 집으로 돌아간다
왠지 미안하다 몸 구석구석 배어 있을
돼지 피와 주검의 냄새
아이는 아무것도 모른 채 목을 간질이며 까르르 웃고
유치원 옆 대숲에 눈발이 흩날린다

선 채로 온몸이 뼈가 되어 가는 대나무들
죽은 자들이 숲의 공중에서 검은 바구니를 들고
지상으로 흰 꽃눈을 흩뿌리고 있다
그때마다 어미 찾는 들짐승처럼 바람은 목을 세워 울고
사람의 묘지 쪽으로 몸을 휘는 나무들

저 뼈 속에 고인 순백의 어둠을 지나 먼 우주로 내리는
아내의 눈망울 닮은 눈송이 하나
아내를 묻었던 거친 손으로 이제는 아이를 안고
똑똑히 맞서야 할 백색 눈보라의 날들
사무치던 아픔과 시간 들은
칸칸의 뼈마디가 되어 말이 없고

눈 덮인 길이 장엄한 백지다
죽은 아내가 꾸는 흰 꿈결에 찍히는 슬픈 산새 발자국
그는 가만히 눈을 감고 귓바퀴에 내리는
차갑고 아픈 시를 듣는다
대지가 제 맨살을 영하의 대기에 드러내 놓은 채
언 가슴으로 눈의 울음을 차곡차곡 받고 있다

아이가 오들오들 떨며 비린 품속을 파고든다
그는 낡은 잠바 깃을 올려 세우고 힘껏
아이를 끌어안는다
이타사 입구에 고단한 하루를 내려놓고 걸음을 재촉한다
마을 어귀, 밤이 까만 어미 개처럼
다섯 마리 새끼를 낳아 눈과 젖은 발을 핥아 주고 있다

제로와 푸리에

허공이 빈 가지에 앉아 있다 눈 먼 까마귀의 모습으로
나는 제로
삼각함수 문제를 풀다, 사막에서 죽은 낙타 푸리에
눈동자 속에 괸
바닥없는 우물을 본다

체중계 바늘이 ∞인 겨울밤이다
자신을 고무공으로 확신하는 새가 창턱에서 통통, 통통
내 풀이 노트를 쳐다본다
노트 속엔 원형 거울, 끝없이 모래가 흐르는

사방으로 금간 거울 속을
나는 새
새의 시선과 반대로 음의 방향에서 나는
문제를 풀고 있다
변환되고 변환되는 말과 존재, 빛과 어둠, 무수한 피살
자들······

죽음은 풀리지 않는 기이한 곡선 방정식이다

미라가 된 아이처럼 수식 기호들이 나를 쳐다본다
새는 통통, 통통, 까불고
시간이 탄젠트곡선을 따라 망각된 주검처럼 상하로 동
시에
휘발되고 있다

아무것도 풀리지 않는 풀이 노트는
백야의 시다 사막이다
핏덩어리 의문부호고 계단으로 떨어져 나간
죽은 자들의 목뼈다

제로의 자취를 찾는다
곡선 위에 곡선을 겹쳐 그리며 눈먼 까마귀의 모습으로
허공의 빈 가지에 달이 웃고 있다

모래가 쏟아지는 하늘

화장터 도로변에 목련 꽃망울들 싱싱하다
누가 꺼내 달아 놓았을까
하얀 심장들
가지 끝 하늘엔 빈 둥지처럼 떠 있는
친구의 마지막 웃음소리

메아리처럼 꽃망울이 터진다
꽃의 육체에 갇혀 있던 꽃의 문자들이 터져 나와
공기 속으로 흩어진다
언젠가 나도 가야 할 공중의 길
바람에 꽃잎들은 흩날려 공기 속을 떠돌고
홀로 남겨진 아이는 운다

아빠와 함께 왔다가
혼자서 돌아가야 하는 목련나무 길
〈없음〉이라는 말의 있음을 아이의 〈눈〉에서 보고
〈있음〉이라는 말의 없음을 뒤집힌 〈곡〉에서 듣는다
꽃망울 하나가 또 내 심장처럼 터진다

굴뚝이 내뱉는 검은 숨을 허공이 마시고 있다
연기와 함께 문자들이
허공의 폐 속 깊이 흡입되어 사라진다
언젠가 나도 가야 할 저 연기의 길
오래전 누군가의 아름다운 육체였을 저 형체 없는
연기들 공기들 빛들

노란 나비 한 마리
아이의 머리 위를 아물아물 날고
아이는 목련나무 꽃그늘 속에서 계속 운다
하늘에서 우수수 금빛 모래들이 쏟아진다
나는 말없이 하늘 밖 머나먼 우주를 바라보다가
아이의 젖은 뺨을 닦아 준다

여린 뺨에 붙은 꽃잎 한 장
그 창백한 우주의 지도에 섬처럼 박혀 있는
모래 한 알, 그 무언의 점을 본다
그 순간
나도 봄도 이 목련나무 꽃길도 이미 〈없는 말〉이어서

하늘도 땅도 지구도 저 광대한 우주도 모두
한 알의 모래

내가 껴안자
아이는 두부처럼 부서지고
하늘 가득 아이의 울음만 팽팽히 커지고 있다

3부

여름밤의 푸가

콘크리트 담 아래 맨드라미가 피어 있다
핏덩이 낙태아다

고양이가 굶주린 새끼들을 데리고
어두운 지붕 난간을 아슬아슬 내려온다

금속 가위와 폐가 떠가는 공중
하늘에서 음표들이 내려오고

아기의 발목 하나가 시퍼런 땀을 흘리며 초조히
골목을 걸어 다니는 밤

콘크리트 담 아래 맨드라미가 되어 있다
어린 꽃살이 흘리는 비린 꿈 비린 울음

옥상에서 창백한 달이 몰래 이마를 내밀고 본다
어느 여고생의 얼굴일까

할머니의 안부

　오늘 밤 흙에서 짐승의 비린 간 냄새가 난다 할머니와 내가 머물고 있는 이 집은 어두워 우린 태반에 싸인 채 버려진 핏덩어리들 같아 바람은 늙은 말처럼 울고

　디디, 너무 추워 찬 바닥에 살을 대고 밤마다 널 생각해 네 따뜻한 등이 그리워 아침엔 내 눈에 코스모스가 뿌리를 내렸어 꽃을 피우면 봉오리에서 내 팔이 나올 거야

　이상해 어둠 속에서 돌들은 새의 음률로 울어 흙에선 계속 짐승의 비린 내장 냄새가 진동하고 풀들은 밤새 어두운 혀를 내밀어 허공이 제 몸에 뜬 문신들을 핥아 주어

　디디, 할머니는 잘 계셔 이제 거의 다 썩었어 곧 내 귀에서도 억새풀이 돋아날 거야 내 입도 코도 눈도 거의 문드러졌어 며칠 전부턴 가시나무 뿌리가 내 폐를 뚫고 자라고 있어

　정오엔 우리가 암매장된 무심천에 햇살이 공작처럼 꼬리를 활짝 펴 난 하루 중 그때가 제일 좋아 햇살이 깔깔깔

우리 주변을 빙빙 돌며 무당춤을 추거든

디디, 할머니와 내가 있는 이 집은 쌀자루야 네 토막이
났는데도 할머니는 웃기만 하셔 끈적끈적 살이 흐르고 벌
레들이 꿈틀꿈틀 눈을 파고드는데도 함박꽃처럼 웃기만
하셔

꽃은 피가 낭자한 식물의 광대뼈야 화인(火印)이야 유서
야 죽고 나서야 난 알았어 하지만 넌 이 땅속의 메아리조
차 듣지 못하겠지 디디, 미안해 이번 생일엔 갈 수가 없어

리치빌라 404호

도로에서 해고된 인부들이 농성 중이다
숯들이 뻘겋게 봉기해 말 궁둥이도 까맣게 타는 겨울밤
그녀는 배가 고파서
배 속의 굶주린 이리들이 흙빛 울음으로 울어 대서
접시에 감자를 올려놓고
콧수염 달린 스탈린 감자를 올려놓고
죽은 빡빡머리 마야코프스키와 마주앉아 야식을 한다

점점 엉덩이가 커지는 집 리치빌라에서
점점 바지 지퍼가 뜯어지려는 404호 독신녀의 방에서
그녀는 쩝쩝 탄 감자를 먹고
죽은 마야코프스키는 치킨을 뜯으며 맥주를 마신다
그의 시집 『나는 사랑한다』에서 뛰어나온 말들이
오물오물 당근을 씹는 동안
쌍둥이 고양이 앞치마와 뒤치마가 발코니를 오가며
시민의 물결처럼 펄럭인다

우리가 동거를 시작한 지 얼마나 됐죠?
그녀의 말에 마야코프스키는 남은 맥주를 벌컥벌컥 들

이켜고는

　발코니로 나가 조용한 담배 〈혁명〉을 빨아 댄다
　밤공기는 검은 가죽 부츠 신은 고양이처럼 지붕을 거닐고
　허벅지를 길게 드러낸 창녀처럼 웃는 달

　도로에서 들려오는 인부들의 함성 소리가 점점 커진다
　소리는 점점 옅어지다 재가 되어 없어지고
　어디선가 살 타는 냄새가 역하게 퍼져 온다
　죽은 마야코프스키는 얼른 담배를 비벼 끄고
　검은 털외투를 걸친다
　도로 저편 얼음묘지로 야근하러 떠난다

　그녀는 다시 탄 감자를 입에 문다
　점점 배가 불러 포만감이 오자 그녀는 미친 듯이 웃는다
　웃음은 무럭무럭 살이 쪄 뭉개지고
　왜 웃는지도 모르면서 스탈린도 웃고
　감자도 웃고 고양이도 웃고
　모두가 웃다가 뭉개져 없어지는 밤이다

장기 놀이

장기판에 미친 시계들이 놓여 있었다
히틀러는 시계로 장기를 두며 콧수염을 길렀다
그의 권총도 콧수염을 길렀다
그는 늘 권총을 사타구니에 달고 꽃사슴처럼 걸었는데
장기 놀이 파트너 아이히만과 요제프 멩겔레는
그를 루돌프 히틀러라 불렀다

눈 내리는 크리스마스였다
루돌프는 눈썰매에 아이들을 가득 태워
과자와 사탕이 산더미처럼 쌓인 꿈의 동화 마을로 데려
갔다
아이들은 신나게 캐럴송을 불렀다
세상에서 가장 아름답고 멋진 새 옷을 선물받기 위해
알몸으로 줄을 서서 흰 건물로 들어갔다

포장을 뜯을 수 없는 기이한 선물을 하나씩 받고
아이들은 모두 검은 연기가 되어 굴뚝으로 나왔다
하늘에서 하얀 손이 하늘하늘 내려오는
이상한 동화 마을 아우슈비츠였다

천국을 가리키는 예수의 잘린 손가락 같은 굴뚝에서
살 타는 냄새와 비명이 밤새 흘러나왔다

배꼽 없는 밤이었다
죽은 물고기들이 밤하늘을 하얗게 떠다니고
장기판엔 장기가 놓여 있었다
소년의 눈도 간도 소녀의 접시꽃 가슴도 놓여 있었다
하늘의 갈라진 복부에서 죽은 시계들이 쏟아지고 있었다
눈이 뒤집힌 눈이 내리고 있었다

이륙

오늘 아침 할머니가 이륙했다 나는 울지 않았다 내 낙타 토요일도 울지 않았다 안녕 지하드! 하늘에서 할머니가 날다람쥐처럼 두 팔 두 다리를 활짝 펴고 호호호 저승으로 날고 있었다

공중 부양은 죽음의 대가야, 이모가 빵을 쪘다 빵은 무덤처럼 부풀고 나는 이모의 없는 불알을 빵 찼다 빵(bbang)! 하며 폭탄이 터졌다 이모의 머리가 없어졌다 하늘엔 미국 놈 불알들이 달랑달랑 날고 있었다

아빠가 저승으로 미사일을 발사했다 혓바닥을 길게 내민 발바리처럼, 외신 뉴스가 돌아왔다 난 구멍 난 활주로에 숨어 하늘을 내려다보았다 미사일이 할머니 팬티를 뒤집어쓰고 이승으로 돌아왔다

하늘에서 불알들이 마구 쏟아졌다 바그다드는 파괴되었고 엄마의 다리 한 짝이 내 얼굴에 떨어졌다 활주로와 하늘이 시커멓게 뒤집혔다 토요일은 없어졌고 난 이상한 모래 지옥에 떨어진 앨리스였다

놀이터에 할머니 콧구멍 같은 토끼 굴이 뚫렸다 굴마다 죽은 아이들의 머리카락이 하늘하늘 흔들렸고 피가 우는 소리가 들렸다 나는 돌았다 살려고 집과 놀이터를 돌고 돌았다 지구도 돌았다 헛소리를 하며 빙글빙글 돌았다

지옥 놀이는 재밌었다 아빠도 내 동생 사담도 돌다가 이륙했다 친구들도 박격포탄을 타고 차례차례 이륙했다 뺨에 마른 눈물 얼룩이 할머니 꽃무늬 팬티에 남은 마지막 세계지도 같았다

광주에서

창밖은 고양이 눈이고
백지가 피를 흘린다
백지 속에서 흰 스피커가 흰 피를 흘린다

보이지 않는 피
보이지 않는 소리
우리는 보이지 않는 골목이고 골목의 전선들이고 계엄령
이고

암호다
광장에서 혹한이 흐느끼는 소리 들린다
꿈은 처마 끝에 매달린 고드름
라이터 불을 대자

한 방울
한 방울
발등에 떨어진다
누군가의 참살된 피
누군가의 눈동자에 낭자한 피

고양이 발을 가진 밤이 등뼈를 휘어 옛집 지붕으로 점프
한다
나의 손가락은 계속 피를 흘린다
그걸로 쓴다
언 창에 입김을 불고 우리라고 쓰자 우리는
고름이 되어 흘러내린다

피 칠된 5월처럼
광주에서 광주(狂酒)를 마시고 악몽을 꾸는 촛대들
이곳에서 산 자는 모두 서글픈 악령이고
지문 없는 손이다

나는 이를 악물고
총상에 불구가 된 금남로 다리를 본다 그러나
〈본다〉는 보지 못하고
〈말한다〉는 말하지 못한다
밤새도록 죽은 너의 잠에서 흘러내린 피가 베개를 적시
며 울 뿐

묘비들이 난다

망각은 벼랑에서 흰 뼈를 드러내고도 죽지 않는 나무

돌의 핏줄 속으로

입 없는 자들의 웃음이 밀주처럼 번지고

누가 핀셋으로 고양이 눈을 확장시키고 있다

살모사 방정식

왜 나는 굽은 뱀의 육체에서 삼차방정식 곡선을 보는가
왜 나도 꼽추의 굽은 울음처럼 뱀인가
죽음은 내 심장에 정박한 U보트
손끝으로 빠져나와 끝없이 늘어나는 붉은 철로

지금 내 몸은 지진 중인 밤의 대륙붕
〈부터〉부터 갈라지고 있는 흑해
〈까지〉까지 균열하고 있는 해저
혀 뽑힌 독뱀이 죽어 가며 생의 마지막 곡선을 그리고
있다

그것은 불가해한 추상화
그것은 돌고 돌며 원(O)을 그리는 사실화
그것은 꿈틀꿈틀 시간을 뭉개 버리는 액션페인팅
뱀이 더 이상 움직이지 않는다 그래도 뱀인가
1사분면과 2사분면에 뱀은 제 주검을 이차곡선으로 뉘
어 놓고
내 눈에 맹독을 퍼트린다

그 사이 3사분면에서 4사분면에서
죽은 뱀과 나를 향해 다가오는 또 다른 두 마리 뱀
그들은 원점 (0, 0)에서 만나
아담과 이브처럼 최초의 교미를 다시 시작한다
내가 죽은 뱀의 마지막 숨, 그 원의 자취 방정식을 찾는
사이

독이 퍼지는 눈, 독이 퍼지는 세계
알 수 없다 갑자기 눈먼 자의 울음에 젖는 서녘 하늘에서
붉은 사과가 우수수 떨어지고
흑해를 돌아 먼 우주를 돌아, 내 아픈 몸으로 귀환하는
뱀눈 달린 어휘들

굽은 육체에 남은 뱀의 원(原/圓/怨)이
식물의 구근보다 깊은 밤이다
왜 과학도 종교도 시도 인간의 뿌리를 구원하진 못할까
뱀 껍질처럼 메마른 이 땅, 땅의 찬 살갗에 뺨을 대고
누가 뱀처럼 울고 있다

왜 나는 삼차방정식 곡선에서 죽지 않는 뱀의 혼령을 보
는가
왜 나의 시도 뱀의 굽은 등뼈처럼 슬픈 꼽추인가
눈 뽑힌 어린 독뱀이 울면서 도망치고 있다
내 눈에서 네 눈으로

낯선 실내악

누가 대패로 바다를 깎고 있다
하얗게 깎여 나오는 파도들, 물빛 나이테의 결과 결 사
이로
어린 돌고래 떼 헤엄치고, 광활한 실내다
공중으로 반도의 섬들이 하나둘 해파리처럼 떠오르고

피아노에 앉아 있다 향나무 여자
대패가 지나간 등엔 검은 등고선들, 새들이 잔에 비친다
빛의 탄환들이 연속적으로 튕겨 오르는 유리의 살갗
소리가 진동할 때마다 파르르 물결이 울고

누가 또 이유도 모른 채 참살된다
벼랑엔 여자의 속눈썹 닮은 눈발들의 비명
어둠 속에서 건반들은 조용한 피를 흘리고 여자는 표정
없이
왼손으로 흐르는 피를 연주한다
떨어져 나간 오른손은 게처럼 홀로 해안 철책을 걷고

붉은 설탕처럼 바다로 쏟아지는 눈

잔이 담배 연기를 타고 입술로 옮겨진다 음률에 맞춰
혈관을 타고 마지막 악장을 향해 퍼져 가는 독
수평선엔 출렁이는 흰 돛배들

밀물이 물뱀인양 여자의 다리를 휘감는다
허리를 휘감아 오른다
손가락들은 파들거리는 은빛 지느러미의 물고기
누가 또 도끼로 건반을 찍는다
튕겨 오르는 흰 이빨들

공중의 섬들이 해저로 가라앉는다
건포도 빛깔의 울음을 내며 날아가는 새들
여자가 쓰러진 모래무덤에서 스멀스멀 글자벌레들이 기
어 나오고
벼랑 위엔 깃발처럼 나부끼는 혀

함박눈 함수

역과 역 사이 도로로 숫자들이 내린다
하늘하늘 팔랑거리는 흰 나비들
나비의 춤이 그리는 불규칙곡선들이 뱀처럼 내 몸을 휘
감아
저녁의 포장마차로 끌고 간다

풍경들이 가시거리 밖에서 가시눈에 찔려 터진다
물이 찬 풍선처럼
대로에서 터져 주르르 공중으로 흘러내리는
사람들 말들 기억들

관측 가능한 대상이란 존재하지 않는다
눈들이 뒤집힌다
눈들이 폭소를 터트린다
거리에서 도로에서 광장에서 눈동자가 뒤집힌 눈들이

쿠데타 점령군처럼 몰려오고
보이지 않는 칼날이 보이지 않는 공중을 베고 지나간다
소리 없이 벌어지는 대기의 흰 살점

고통의 흰 광대뼈가 보이고, 나는 말없이 술잔을 비운다

시간은 돈은 불안은 하루하루 나를 삼키는 육체함수 P
정의역을 출발한 열차 t가 치역으로 치닫고 있다
눈은 눈의 사라진 형식이자
실종된 잠

역과 역 사이 나비의 묘지에서 눈발이 흩날린다
오래전 죽은 자들이 지상에 남긴
흰 지문들

도미노

단꿈을 꾸던 고양이 도미노가 잠결에 툭
앞발로 지지대를 건드리자
첫 번째 자명종 시계가 쓰러진다 어둠 속에서 벨이 울
리고
낮 동안 살을 베고 잠든 칼들이 눈을 뜬다
바다뱀의 모습으로

두 번째 거울이 쓰러진다
죽음이 비옷을 입고
누군가를 만나러 횟집 골목을 지나 지하 차고로 들어
가고
세 번째 꽃병이 쓰러진다
바닥 여기저기 흩어지는 노란 진통제 알약들

도마엔 아직도 파닥거리는 도미의 눈
낮에 살이 반쯤 베여
척추가 드러난 새벽 1시가 2시가 3시가 연달아 쓰러지고
잿빛 머플러처럼 나부끼는 하늘로
접시들이 날아간다

한 꺼풀 한 꺼풀 죽은 자들의 꿈이 얇게 저미어져 쌓인
시집들이 쓰러진다
사람의 입 속엔 자신의 눈을 찌를 붉은 자객이 잠들어
있다
사막에 불시착한 여객기의 모습으로
차례차례 사람들이 쓰러지고

똑! 똑! 똑! 창밖 어둠 속에서
흰 눈에 덮인 검은 말이 혼자 흐느끼며 서 있다
형체도 성별도 나이도 없는 고양이 도미노가 꿈꾸는 겨
울밤
소리도 색도 향기도 없는 나의 빈창에 남는
또렷한 입술 자국 하나

뱀장어

잠자는 검(劍)이다
이렇게 쓰면 깨어나 꿈틀거리는 검(劍)

칼날에 벤 연꽃들이
붉은 꽃다발 부케를 던지고 있다

햇빛은 나사못처럼 회전하여 수면을 뚫고
1/2씩, 1/4씩, 1/8씩 증발하는

정오의 눈코입귀
물풀 사이로 새빨간 금붕어가 헤엄친다 거짓말이다

물뱀 둘이 교미하며 껍질을 벗고 있다
어제와 오늘처럼

죽은 검(劍)이다
이렇게 쓰면 살아나 내 목을 치는 검(劍)

검은 구두

공원 벤치 밑에 구두 한 짝
새처럼 잠들어 있다
벤치 위엔 남자, 신문지를 덮고 잠든 둥근 둥지

죽은 걸까, 꿈꾸는 걸까
검은 구두 속에서 하얀 물감 빛깔의 새벽이 흘러나와
남자의 몸을 수의처럼 감싸고

바람이 불 때마다
나무들 겨드랑이 사이로 샘물이 밀려와
한 방울 한 방울 신문지에 떨어지고
어린 꽃들이 단발머릴 흔들며 웃는다

누구의 입일까 저 검은 새
구두 속에서 흰 말이 날아오르고
밤사이 대기가 흘린 꿈이
남자의 입술 끝에 투명한 핏방울로 맺혀 있다

백발의 고독이 마루에 혼자 앉아 있다

노파가 마루에 혼자 앉아 있다
흙집 쪽창과 부엌 사이, 염낭거미들은 분주히 거미줄을 쳐
저녁 식탁을 차리고
뒤뜰 마른 우물엔 실지렁이처럼 꼼틀거리는 햇살

군데군데 탄환자국이 남은 담을 따라
어린 나팔꽃들은 분홍빛 비명을 터트리며 꽃피고
마루 밑엔 오래전 죽은 남편의 외짝 신발
세 아이가 숨어 있던 그녀의 쪼글쪼글한 머루 빛깔 눈동
자는
고통이 살다 백골이 된 동굴

말할 수 없는 말들의 울음이 피난민처럼
몸의 내륙을 떠돌 때
서녘 하늘 저편에 검붉은 노을이 또 전쟁처럼 깔리고
연둣빛 날개의 날벌레 하나
거미줄에 걸려 파닥파닥 운다

누군가의 간절한 몸부림이 누군가의 애절한 밥상인

저 비정한 공중 무덤

그녀의 갈라진 몸 곳곳에서 끊임없이 흙가루가 흘러내
리고

죽은 아이의 마지막 눈빛 닮은 꽃들이

담 따라 봄 소풍 간다

저녁마다 붉게 우는 서녘 하늘을 업고 토닥토닥 자장
자장

울음을 달래는 할머니 굽은 등은

죽은 시간이 산 자의 폐가에 증거로 남겨 놓은

피 묻은 벽

죽은 새끼를 찾아 헤매는 들짐승처럼 바람은 흙집 마당
을 돌고

굴뚝이 허공 깊숙이 담배 연기를 내뱉고 있다

그녀의 주름진 얼굴에서

얼굴 없는 저녁이 담뱃불로 제 눈을 지져

시야를 버린다 미래를 버린다

뒤뜰 앵두나무 울타리엔 실지렁이처럼 꼼틀거리는 햇살

작은 새

― 故 김남주 시인을 추모하며

나무들이 푸른 수인복을 입고 서 있는
교도소 연못가
흔들리는 부들에 앉아
물결에 어른거리는 초저녁달을 보네

달의 이마에 파인 물고랑으로 금붕어들
아름다운 산책을 나가고
암말의 젖은 눈망울 같은 바람이 부네

물결 따라 일렁이는 당신의 웃는 얼굴
하늘은 노을을 뿌리다 빛을 뿌리다
어린 별들과 함께
물속, 당신의 숨결 속으로 캄캄히 가라앉고

내 가슴에서 수면에 떨어진 깃털 하나
연못 바닥, 당신이 먼저 간
아름다운 진흙별에 영원히 닿지 못하네

물들의 소리 없는 파문을 타고

사랑처럼 혁명처럼 소금쟁이 한 쌍

물풀 사이로 환하게 지나가네

물결이 연못 밖 먼 우주로 퍼져 가네

앵두

빗물 맺힌 앵두 속에
아름드리 느티나무가 서 있고
강아지가 뛰놀고
강아지 꼬리에 간질간질
해바라기가 웃고
돌담이 웃는다

첫 눈 뜬
아기 생쥐 눈망울 닮은
한 알의 작디작은 앵두 속에
마을이 돌고
하늘이 돌고
우주가 반짝반짝 웃는다

4부

어떤 시집

첫 장을 열면
광활한 설원이 보이고
글자들은 모두 검은 새가 되어 날아간다

하늘엔 무늬 잃은 기린의 눈빛으로
나를 보는 낮달
지상엔 무더운 눈보라

끝 장을 덮으면
끝없는 우주가 보이고
글자들은 모두 유성이 되어 어둠 속으로 날아간다

얼굴

햇빛이 울창한 숲이었어
귀가 말한다
폭포도 있고 동굴도 있고 아름다운 새들도 날아다녔어
코가 말한다

금광의 인부들이 몰살하기 전까진 말이야
눈이 말한다
단풍 계곡이 총소리로 물들기 전까진 말이야
이마는 탄식한다

폐허가 되는 건 잠깐이었어
눈썹은 떤다
전쟁은 참혹해 우리가 모인 지 80년이 넘었군
이마는 조용히 헤아려 본다

잠이 안 와, 수면제를 한 주먹 삼켰는데도
입술은 떤다
죽음이 다니는 전용 도로가 뚫리고 있어
턱은 독백한다

달빛에 젖은 저 호수 좀 봐 아름다워
눈꺼풀이 말한다
지금도 들려 물가를 맴돌던 그녀의 웃음소리
귀가 파르르 떤다

뭉뚝한 콧날이 운다
흉터 깊은 광대뼈도 운다
침묵하던 혀가 말한다
울지 마, 곧 이 뇌사(腦死)의 밤도 끝날 거야

하나병원 장례식장 뒤편 소각장

불타고 있다
누군가 쓴 일기장
누군가 신던 기린 양말
누군가 선물 받은 아름다운 목도리
눈 속에서 불타고 있다
누군가 발이 되어 준 지팡이
누군가 불면 속에서 쓰다듬던 장난감 펭귄
누군가 비운 빨간 약병
첫눈 속에서 모두 불타고 있다
누군가 잃어버린 벙어리장갑
누군가 아기를 안고 칸나처럼 웃던 창문
누군가 잃어버린 청춘
열쇠 없는 일요일 아침, 자물쇠 닮은 갑작스런 죽음
누군가 머물다 떠난 빈 벤치
누군가 죽은 숲
누군가 울면서 걸어간 눈길
모두 젖은 물고기처럼 불타고 있다

無

네가 만지면
증발하는 손
증발하는 돌
증발하는 숲

네가 키스하면
증발하는 입
증발하는 코
증발하는 눈

네가 안으면
증발하는 가슴
증발하는 태양
증발하는 세계

그녀의 뒤뜰

고아원 뒤뜰 같다 그녀의 등은
바람이 찬 손으로
굽은 등뼈에 쌓인 눈과 시간을 쓸고 간다
나부끼는 흰 머릿결, 공중엔 누군가 뱉어 놓은
석탄 같은 멍 덩어리들이 떠 있고

혼자 계단에 앉아 엄마를 기다리던 아이처럼
처마 끝 풍경이 운다
나이테 물결을 그리며 둥글게 둥글게
하늘로 퍼져 가는 울음
죽은 자의 눈꺼풀을 내려 주듯 함박눈이 내리고

남편이 잠든 오동나무 관 뽀얀 살결을 어루만지다
그녀는 가만히 귀 기울인다
나무의 귓속에서 머루빛 눈을 가진 신혼벌레 한 쌍
저녁밥 안치는 소리

고아원 뒤뜰에 몰래 쌓이는 눈 같다 죽음은
그녀가 짊어진 둥근 봉분에서

초저녁 별들이 흰 밥알처럼 익어 가고
새들이 아픈 기억을 물고 오동나무 숲으로 날아간다

허공의 장례

검게 탄 쌀알 같은 새들이
공중에서 흩어졌다 모이고 모였다 흩어진다
구름은 공중에 뜬 산호초 묘비
수면에서 해녀는 구름에 음각되는 하늘의 문체를 바라
보며
죽은 새의 유언을 생각한다

햇빛 속에서 검은 갯바위 하나가
새들의 장례를 바라보며 물개처럼 울고 있다
해녀는 태왁에 매달려 멍멍히 울리는 가슴을 만져 본다
바닷물 속의 보이지 않는 소금처럼
몸속에서 출렁거리며 파도치는 주검들 말들 울음들

아슬아슬한 벼랑 끝에
한 채의 집을 짓고 새끼를 지키기 위해
새는 죽음보다 깊은 저 허공 속을 얼마나 들락거렸을까
파도가 빠지자 개펄 구멍마다 조개들 게들
숨 쉬는 소리 들리고

해녀는 다시 물속의 허공으로 잠수한다
거꾸로 선 몸이 낳는 저 둥글고 환한 물의 나이테들
하늘에서 새들의 숨비소리 들려오고
서쪽 수평선에서 어린 고래들이 노을을 뿜어 올려
하늘이 붉은 수의처럼 물든다

.

백 년 후에 없는 것들

강경희 강계숙 강기원 강동우 강동호 강성은 강유정 강은교 강인한 강정 강정규 강현국 고봉준 고영 고영민 고운기 고은 고진하 고형렬 공광규 공지영 곽은영 곽해룡 구경미 구모룡 구효서 권경아 권성우 권오삼 권정우 권혁웅 금동철 기혁 길상호 김경인 김경주 김경후 김근 김기택 김나영 김남조 김록 김륭 김명리 김명인 김민정 김백겸 김병익 김병호 김사인 김산 김상미 김상혁 김석준 김선우 김성규 김성대 김소연 김수이 김승옥 김승일 김승희 김신용 김안 김애란 김언 김언희 김연수 김연신 김영남 김영승 김영찬 김영하 김왕노 김요일 김용택 김우창 김유중 김윤배 김윤이 김이강 김이듬 김인환 김재근 김재혁 김점용 김정환 김종해 김종훈 김주연 김중식 김중일 김지녀 김지하 김참 김춘식 김태용 김태형 김행숙 김현 김현서 김혜순 김화영 나태주 나희덕 남대현 남지은 남진우 노철 노향림 도정일 도종환 마경덕 마광수 맹문재 문성해 문인수 문정희 문태준 문혜원 문혜진 민구 민용태 박강우 박남철 박남희 박노해 박방희 박상 박상륭 박상배 박상수 박상순 박서영 박서원 박성우 박성원 박성준 박세현 박순원 박의상 박완호 박용하 박장호 박정대 박주택 박준 박중식 박지웅 박진 박진성 박찬일 박철 박철화 박청룡 박판식 박형준 박혜경 박혜진 박후기 반경환 반칠환 방민호 배봉기 배수아 배한봉 백낙청 백무산 백민석 백은선 백인덕 백지연 변의수 변종태 상희구 서규정 서대경 서동욱 서안나 서영은 서영처 서정윤 서정학 서정춘 서효인 성기완 성귀수 성동혁 성미정 성민엽 성석제 성윤석 성찬경 손동연 손미 손진은 손택수 송경동 송상욱 송수권 송승언 송승환 송언 송재학 송종규 송종원 송영영 송찬호 송희복 신경림 신달자 신대철 신동옥 신영배 신용목 신철하 신해욱 신현림 신형건 신형철 심보선 심진경 안도현 안정옥 안학수 안현미 안희연 양귀자 양문규 양애경 엄경희 엄원태 엄재국 여정 여태천 연왕모 오생근 오세영 오은 오정국 오정희 오주리 오탁번 오태환 오형엽 우대식 우찬제 원구식 위선환 유강희 유병록 유성호 유안진 유용주 유종인 유지소 유하 유형진 유홍준 유희경 윤대녕 윤석산 윤석정 윤성택 윤예영 윤의섭 윤정모 윤제림 윤지영 윤홍길 윤희수 은희경 이가림 이건청 이경림 이경호 이광호 이근배 이근화 이기인 이기철 이낙봉 이남호 이대흠 이덕규 이만식 이면우 이문열 이문재 이민하 이병률 이사라 이상교 이상국 이상권 이상희 이선영 이성복 이성우 이수명 이수익 이수정 이승원 이승우 이승욱 이승원 이승훈 이시영 이안 이어령 이영광 이영주 이외수 이용한 이우성 이원 이원규 이위발 이유경 이윤설 이윤택 이은규 이은봉 이이체 이인원 이인화 이장욱 이재무 이재복 이재훈 이정록 이정주 이제니 이제하 이종수 이준관 이준규 이지엽 이지호 이진명 이창건 이창동 이창수 이창재 이철성 이태관 이향지 이혜경 이혜미 이혜원 이현승 이호철 이홍섭 이희중 임동확 임보 임승빈 임신행 임우기 장경린 장대송 장무령 장석남 장석원 장석주 장영우 장옥관 장이지 장정일 장철문 장철환 전경린 전기철 전대호 전동균 전상국 전아리 전영애 전윤호 정과리 정끝별 정두리 정민 정병근 정숙자 정영 정영문 정은숙 정이현 정익진 정일근 정재학 정진규 정찬 정철훈 정한아 정한용 정현종 정호승 정효구 조강석 조경란 조남현 조동범 조말선 조명 조민 조병완 조성기 조세희 조연호 조영서 조오현 조용미 조원규 조인호 조재룡 조정권 조정래 조창환 조현석 조혜은 주문돈 주병률 주창윤 주하림 진수미 진은영 차주일 채상우 채풍묵 채호기 천수호 천양희 최갑수 최규승 최금진 최동호 최두석 최문자 최서림 최수철 최승자 최승철 최승호 최영미 최영철 최원식 최정례 최종천 최준 최창균 최치언 최혜실 편혜영 하성란 하일지 하재봉 하재연 하종오 한성례 한수산 한승원 한우진 한혜영 함기석 함돈균 함명춘 함민복 함성호 허만하 허수경 허연 허영자 허윤진 허혜정 현기영 현길언 홍신선 홍용희 홍일표 황동규 황병승 황성희 황인숙 황인찬 황종연 황지우 황학주 황현산 황혜경 (……)

장지(葬地)에서

너의 마지막 숨이 분홍 꽃잎처럼 떠다니다
날을 세워 가슴을 깎는다
검은 포도송이처럼 나의 육체에도 다닥다닥 붙어 있는
죽음
한 알 따 입에 넣고 혀로 굴려본다

빨간 잇몸을 드러내고 백발노인처럼 웃는 해
허공은 무한다면체 눈을 가진 암흑 생물체고 기이한 묘지
빛과 어둠 사이에서, 말의 여백과 공포 사이에서
나의 육체는 파동이 되어 가고

검은 새 난다
계속 나뭇가지를 물어다 자신의 유골항아리 둥지로 옮
기는 새들
새의 부리엔 애벌레처럼 꼬물거리는 햇빛
누가 공중에 옮겨 놓은 뇌일까 저 구름은
지상의 척추에서 하늘로 무수히 뻗어 가는 경동맥 핏줄들

웃으면 입에서 돌계단이 쏟아지던 너의 유머처럼 이제

아침은 입술이 없고
우리의 생은 지름이 0보다 작은 마이너스 원
그 불가해한 도형의 넓이를 측정하려는 내 찬 손과 컴퍼스
그들의 탄식과 울음을 배경으로

아름다운 빛의 환각 속에서 소리 없이
종양이 퍼져 가는 하늘
그 먹빛 하늘이 화선지 같은 대지로 천천히 스미고 있다

떠도는 꽃
떠도는 말
떠도는 너의 눈동자
허공이 숨긴 검은 뼈 사이로 눈물이 번진다

수직선 = 수평선

비가 온다
전깃줄 같은 비가 뒤에서 와 목을 조른다
폐 없는 밤, 너는 썰물이 되어 떠나고
나는 방파제에 홀로 남아 독약 탄 음악을 마신다
술잔엔 한 방울 두 방울 비의 눈망울

죽어서 옆으로 누운 자의 눈엔
수직으로 서 있는 바다, 벼랑이 되어 서 있는 밤하늘
벼랑 끝 너의 울음처럼
수평의 거미줄에 걸려 파닥거리는 나비

흰 말들이 주검 마차를 끌고 수면을 달리고 있다
울음 우는 물새들
네가 동백으로 피었다 진 저 벼랑
거짓과 진실을 등과 배로 가진 범고래가 심해를 헤엄칠 때

한 어부가 어깨에 낮의 주검을 메고 걸어와
눈짓과 몸짓과 침묵으로 네 마지막 유언을 전한다
말해질 수 없는 말들의 저 흰 거품들

술잔엔 찰랑거리는 너의 얼굴

독주에 취해 저 흰 마차를 타면
오늘 밤, 네가 먼저 도착한 하늘산장에 닿을 수 있을까
수평 비가 온다
고압 전류가 흐르는 전깃줄 비가
뒤에서 와 목을 조른다

흑조가(黑鳥歌)

저녁이 오면 내 몸속 모든 피들이
소리 없이 항구로 빠져나가 어두운 수식이 된다
언젠가 그대가 홀로 이 코흐 해안을 거닐다
모래밭에 얼굴을 파묻고 죽은 한 마리 흑조를 보거든
그냥 지나쳐 다오
단 한 순간도 눈길을 주지 말고 지나쳐 다오

그건 파도의 칼날에 가슴이 베어진 나의 주검이니
나로 인해 그대의 나머지 생이
고통과 자책의 날들이 되길 원하지 않음이니
그러나 그대여
그대가 바람 부는 포구에 서서
태양을 삼키는 바다의 검푸른 입술을 바라보는 동안

그대의 창백한 얼굴을 향해
수면 위로 번져 오는 저 붉은 물감들
끊임없이 찰랑이며 반짝거리는 저 노을방울들
그건 나의 피 나의 열망, 죽어서도 그대에게로 향하는
나의 체온임을 잊지 말아 다오

나의 시는 내 몸속 검은 대륙과 흉해를 떠돌던 불과 얼음
바람과 추상의 숫자들이 지상에 남기는
창백한 백골들이니
그대여, 망각은 빛이 맨손으로 인간의 몸에 새기는
혼의 묘비명이니
천지(天地)를 떠돌던 한 마리 흑조가
저녁의 썰물과 함께 무명(無明) 속으로 사라졌다 한들

슬퍼하지 말고 벼랑 끝
저 어린 허공으로 푸들푸들 헤엄쳐 오르는
저 투명한 빛의 물고기들을 보아 다오
저 물빛 영혼들의 무한한 날개, 무한한 비상을 향해
웃는 손을 흔들어다오

그렇게 나도
내 땅 내 대기 내 사랑하는 사람들의 아픈 속살에
내 아픈 살을 섞고 울고 웃다가
우주 저편 본색(本色)의 우주로 귀소(歸巢)하는 것이니

폭풍 속으로 달리는 열차

열차가 달린다 나는 차창 밖 슬레이트집을 본다 지붕에
서서 나를 바라보는 나를 바라본다 검게 탄 손을 흔들며
우는 일곱의 아이를 본다 하늘에선 방울방울 검붉은 노을
이 링거액처럼 떨어지고

열차가 달린다 나는 잠든다 파란 빛이 흘러나오는 집으
로 들어간다 말들이 묶여 있는 마당에서 사람들이 술을
마신다 상복을 입은 여자가 나를 데리고 방으로 들어간다
흰 천을 걷고 죽은 노인의 얼굴을 보여 준다

아흔 살의 나다 그의 뺨을 만지자 천장에서 주르르 모
래가 쏟아진다 벽에서 아기의 혀들이 돋아나 뱀처럼 꿈틀
거린다 알아들을 수 없는 말을 계속 떠든다 나는 초조히
방을 나가려 한다 그러나 문은 밖으로 잠겨 있고 마당에서
취한 사람들이 싸운다 말들이 싸운다

눈을 뜬다 열차가 정거장에 멈춘다 얼룩무늬 군복의 하
사가 승차한다 미적분 책을 들고 대학생이 승차한다 외눈
박이 고양이가 승차하고 종이로 뭉쳐진 아이도 승차한다

탑승객들은 모두 내가 탄 9호실로 온다 모두 나의 얼굴과
똑같다

　불안하게 반대편 차창 밖으로 눈을 돌린다 검은 눈이
내리는 들판이 보인다 불길에 휩싸인 집들도 보인다 들판
위 공중으로 수많은 레일들이 깔려 있고 열차가 달린다
나를 태운 무수한 열차들이 달린다 폭풍 속으로 폭풍 속
으로

잃어버린 편지

나니, 기억나니?
코를 맞대고 웃는 두 마리 양처럼
우리가 처음 키스하던 밤
너의 혀는 C장조 파도
나의 입술은 취한 물새

그날 우리가 웃음으로 만든 수평선엔
보라색 물고기들이 튀고
키위랑 멜론이 둥둥 떠다녔어
그 겨울밤처럼 지금
음표 닮은 함박눈이 내리고 있어

나니, 기억나니?
열두 살의 초등학교 교실
세 번째 같은 줄
왼쪽 창가에서 오른쪽 창가의 너를 보느라
가자미처럼 눈이 돌아간 아이
기말고사 전날 옥상에서 뛰어내린
그 주근깨투성이 아이

민들레 꽃씨 닮은 흰 구름 하나가
우릴 부르며 골목을 따라오던 거
나니, 기억 안 나니?
그게 그 아이의 영혼이었을 거야
나니, 이제 너도 없고
나의 편지는 D단조 파도
나니 기다려 우린 해저에서 다시 만날 거야

오래오래 레스토랑

죽음과 마주 앉아 식사를 한다
그는 내 귀를 잘라 접시에 놓는다
나는 죽음의 코를 잘라 멕시코 고추 소스를 묻힌다
우리는 말이 없다 눈동자가 없다

메뉴판을 들고 웨이트리스가 온다
눈발이 그녀를 뒤따른다
흰 말들이 그녀를 뒤따른다
나는 웨이트리스 배후의 배후를 생각한다
그녀가 웃는다 얼굴 없는 그녀가 목련처럼 웃고

죽음은 잇몸을 감추고 씹고 있다
달팽이가 접시 가장자리를 느릿느릿 돈다
시계는 정지한 채 새가 되어 공중에 떠 있다
나는 나를 가리키는 죽음의 손가락을 씹는다
우리는 피가 없다 심장이 없다

오래오래 창밖으로 눈발이 달린다
말들이 달린다 테이블 밑으로

누군가의 두 눈이 연인처럼 또르르 굴러간다
무채색 폭설이 내리고
우리는 계속 말이 없다 고통이 없다

마지막 해변

하늘에서 누군가 물조리개로 빛을 뿌린다
해변은 땀에 젖은 흑인의 등처럼 반짝거린다
바다의 잇몸을 뚫고 수면으로 나온 흰 이빨 같은 섬들
물결 따라 햇빛 알갱이들 아름답게 너울거리고
바다는 한 꺼풀 한 꺼풀 하얀 속살을 벗겨 뭍으로 보낸다

해변에 한 노인이 서 있다
바다의 주름진 이마를 만지며
해저에 사는 눈 없는 물고기들의 일생을 생각한다
피었다 진 꽃자리처럼 노인의 눈은
쓸쓸하고 그늘이 깊다
바다의 유치원에선 어린 물고기들 뛰놀고 소녀가
나비 따라 방파제 꽃길을 뛰어간다

노인은 말없이 고개를 떨군다
모래밭에 홀로 서 있는 자신의 맨발을 바라본다
고독과 고통 속에서 보낸 수십 년의 시간과
진흙 길들이 스민 아픈 발을 바라본다
쉬지 않고 걷고 걸어 이 마지막 해변까지 데려다 준

상처투성이 착한 발을 미안하게 바라본다
보드랍게 발등을 어루만져 주는 바다의 하얀 손가락들

노인은 모래밭에 바다가 쓰는 참회의 시를
가슴으로 듣는다
부서지며 사라지는 물로 된 말들
말들이 만드는 무수한 모래구멍과 생의 아픈 물거품들
울분과 분노의 나날들
증오 때문에 한 사람을 죽이고
두 여인을 폐인으로 만들었던 뼈아픈 기억들

시린 하늘에서 내려온 전깃줄 같은 빛줄기가
노인의 목을 옥죈다
노인의 뺨을 타고 내려온 투명한 눈물방울 하나
발등에 떨어진다
소녀가 걸음을 멈추고 가만히 바라본다

작은 배가 한 척 해안으로 밀려온다
삐걱삐걱 노를 저으며 누가 저음의 노래를 부른다

노인은 젖은 눈을 여미고 노 젓는 자의 얼굴을 본다
어부차림을 한 죽음이 환하게 미소 짓는다
이제 그만 이 배를 타고 가시지요?

배는 노인을 태우고 소리 없이 나아간다
천천히 자궁을 빠져나가듯
수평선 너머 내생으로 나아간다
배가 그리는 물결 파문들, 바다 저편 침묵으로 퍼지고
방파제 끝에서 소녀가 손을 흔든다

흑조

정오다 까마득한 지평에서 탄환이 날아온다

정오다 바람은 없다 구름도 태양도 없다

정오다 도시는 없다 인간도 언어도 없다

정오다 정오는 정오에 정오로 영원히 사살된다

정오다 까마득한 허공에서 흑조가 떨어진다

이상한 나라의 탈옥수들
── 함기석 시 세계의 문학적 공리들

고봉준(문학평론가)

1

사물의 이름은 인간이 만들어 놓은 단단한 감옥
인간이 인간만을 위해 만들어 놓은 무서운 질서
무서운 폭력, 나는 밤마다
검은 복면을 쓴 방화범이 되어
그 감옥 지하실에 폭약을 설치하고 불을 지른다
내 육체 속에서 번식하는 내 아비의 우상들을 죽이고
발 아래 침묵하는 대지를 살해한다
　　　　─「고유한 방화범」,『국어선생은 달팽이』에서

시는 언어 예술이다. 이것은 함기석의 시 세계에 들어가기 위한 주문(呪文)이다. 이 문장을 이해하지 못하면 우리는 영원히 그의 세계에 들어갈 수 없다. '시는 언어 예술이다.'라는 이 평범한 진술에는 우리가 그 말을 들으면서 머릿속에 떠올리는 생각을 초과하는 어떤 것이 담겨 있기 때문이다. 하지만 그 진실의 실체에 도달하려고 노력하는 사람은 드물다. '시는 언어 예술이다.'라는 시인의 주장을 상투적인 설명 정도로 흘려듣는 사람들은 대개 그의 시 세계 앞에서 발길을 돌리고 만다. 거듭 말하지만 '시는 언어 예술이다.'라는 진술은 함기석의 시 세계의 입구이자 출구이다. 그렇다면 시가 '언어 예술'이라고 말할 때, '언어'는 구체적으로 무엇일까? 뺄셈의 방식으로 '언어'가 아닌 것들에 대해 이야기해 보자. '언어'는 무엇이 아닌가? 먼저 '시 = 언어 예술'이라는 등식에서 '언어'는 수사적인 미문(美文), 즉 아름다운 표현이 아니다. 시는 아름다운 문장과 아무런 관련이 없다. 심지어 시가 모국어의 아름다움을 일깨운다는 발상과도 거리가 멀다. 언어에 대한 시인들의 자의식에는 '사랑', '아름다움', '모국어' 등을 위한 자리가 없다. 오히려 인용 시의 화자처럼 시인은 기존의 언어 ― 질서를 파괴하는 존재, 스스로가 '방화범'이 되는 방식으로 '언어'와 관계 맺는 존재라고 말해야 한다. 그렇다고 이 '언어'가 정보를 전달하거나 타인과 대화할 때 사용하는 일상 언어를 의미하지도 않는다. 일상 언어에서 '언어'는 항상 사물과의 관계를 전제한다. 일상 언어는 사물과의 관계 속에서만 특정한 지시적 성격을 갖는다. '연필'이라는 사물이 먼저 있고, 그것을 지시하는 '연필'이라는 단어가 있는 것이다. 이때 '연필'이라는 단어는 사물의 '이름'인데, 동시에 그것은 교육이라는 강제에 의해 주입되는 (문법을 포함한) "단단한 감옥"이자 "무서운 질서"이기도 하다. 그것은 "아비의 우상들"이다. 그것은 우리에게 무조건적으로 강제된다. 함기석의 시 세계는 언어의 이 권력적 성격을 겨냥한 시적 '방화'에서 시작된다.

함기석 시의 화자들은 언어를 '명령'과 '권력'으로 경험한다. 하여, "당나귀 도마뱀 염소, 자 모두 따라해!/ 선생이 칠판에 적으며 큰소리로 읽는다/ 배추머리 소년이 손을 든 채 묻는다/ 염소를 선생이라 부르면 왜 안되는 거예요?"(「국어선생은 달팽이」)에서의 국어선생도, "삼삼은 9 삼사는 12 삼오는 15/ 자 아무 생각 말고 따라해봐! 선생이 말한다"(「산수시간」)에서의 산수선생도 모두 권력장치의 일부인 파수꾼들이다. 산수/수학의 기호 또한 예외가 아니다. 함기석 시의 소년 화자들에게 언어는 '명령어'이고, 생각을 경유하지 않고 받아들여야 하는 "감옥"(「산수시간」)이다. 소년에게 시 쓰기는 이 "감옥"에서 탈출하는 행위이다. '감옥―언어'에서 탈출하기, 하지만 소년은 감옥에서 탈출하기 위해 '언어'를 부정하지 않고 '다른 언어'를 선택한다. 그것은 '언어의 외부'가 아니라 '외부의 언어', 즉 감옥―언어가 아닌 언어를 긍정하는 일이다. "외롭고 고달플 때 나는 산책하지/ 언어를 입고"(「산책」), "외롭고 고독한 날 천장에 누워 시를 써요"(「천장에 누워 시를 써요」) 같은 진술처럼 소년에게 '시―언어'는 '감옥―언어'와 본질적으로 다르다. 왜, 어떻게 '시―언어'가 '감옥―언어'에서 탈출하는 것일 수 있을까? 그것은 '시―언어'의 세계가 "운동장은 하늘이 되고/ 시계는 새가 된다/ 바람은 의자가 되고/ 나무들은 자동차가 된다"(「국어선생은 달팽이」)처럼 '감옥―언어'의 권력이 작동하지 않는 세계이기 때문이다. 즉 '시 = 언어 예술'이라는 등식에서의 '언어'는 명령어가 아니다. 그것은 실용적/도구적 기능과 관계없는 "무서운 놀이"(「무서운 놀이」)이다. 놀이로서의 언어는 사물과의 관계를 전제하지 않는 언어이고, 따라서 사물을 지시하는 단어―이름이 아니다. 다소 극단적일지 모르지만 '시 = 언어 예술'이라는 세계에서 '연필'이라는 단어는 사물로서의 '연필'을 전제하지도, 그것을 지시하지도 않는다. 그것은 전적으로 '언어'의 세계에 속하는 언어적 사건이다. 그러므로 시는 언어 예술이라고 말할 때, 우리는 시에서의 언어가 일상 언어는 물론 개념 언어와도 다르다고 주장하는 셈이 된다. '시'에 한정하자면, 언어와 언어 바깥의 현실, 언어와 사물 사이에서 통과할 수 없는 '벽'이 존재한다. 이것이 예술의 자율성이라는 관념이 주장되는 근거이다.

'시 = 언어 예술'이라는 등식에는 또 다른 주장들이 함축되어 있다. 먼저, 그것은 주관성의 장르인 시에서의 화자가 시인의 인격과 무관한 존재, 즉 시가 자서전으로 읽히지 않을 가능성을 제공했다. 19세기 이후의 현대 시는 시에 '주체'가 있다면 그것은 시인이나 화자가 아니라 '언어'라고 주장해 왔다. 이로부터 경험적 자아와 시적 주체의 분리가 시작된다. 시는 더 이상 운문으로 쓴 자서전으로 이해되지 않게 되었고, 이러한 생각은 '시'와 '감정' 간의 오래된 관계가 단절되는 현상을 가져왔다. 마침내 시를 감정의 영역에서 제외시켜야 한다는 주장이 제기되었다. "나의 우월성은 어떠한 감정도 가지고 있지 않다는 데에 있다."(랭보) 시인들은 이 분리 때문에 자신의 삶과 감정을 고백할 기회를 잃었지만, 동시에 자신이 경험하지 않은 세계에 관해 말할 권리를 얻었다. 이때부터 시는 감정 이상의 것이 되었다. 그리고 보들레르 이후 사람들은 현실과 동떨어진 언어 세계 안에 새롭고 낯선 세계를 건축/구성하려는 의지를 강조하면서 그것을 '창조적인 상상력'이라고 표현했는데, 시에서의 상상력이란 이처럼 시공간의 질서를 뒤집거나 비틀어 현실 세계를 해체 ― 구성, 새로운 초(超)현실을 만들어 내는 능력으로 이해되었다. 상상력은 구체적인 것과 상상적인 것을 강제로 결합시키고, 이질적인 것들을 한자리에 모은다. 이렇게 건축되는 초현실은 많은 사람에게 낯설고 불편한 세계로 경험되는데, 이때의 난해함은 인공적인 것이 주는 생소함과 현실로부터의 탈출

시도를 의미하는 비실재적 혼돈이 결합되어 발생하는 효과이다.

초현실로서의 시, 그것은 시를 '언어'를 사용하여 언어 바깥의 사물이나 세계를 형상화하는 행위로 이해해선 안된다는 것이다. 시는 시 바깥의 세계나 현실, 상황 등을 언어로 옮겨 놓은 언어적 재현물이 아니다. 그것은 회화가 캔버스 바깥의 세계나 현실, 상황 등을 색채로 옮겨 놓은 시각적 재현물이 아닌 것과 같다. 그래서 시를 쓰고 읽는 것, 그것은 가상의 언어적 세계에 들어간다는 의미이다. 이것은 근대소설에서의 개연성이 작품 바깥과의 관계가 아니라 작품 내부적인 맥락에서의 개연성인 것과 동일하다. 그러니까 "하얀 자루를 든 소녀가 놀이터로 간다 아이들을 만난다 모닥불가에 모여 검은 관을 만드는 아이들을 만난다"(「무서운 놀이」) 같은 장면은 실제 현실의 언어적 재현은 물론 그것의 비유적 표현도 아니다. 그것은 이미─항상 상상력의 산물로만 이해되어야 한다. 이 상상력의 세계에서는 어떤 사건도 일어날 수 있다. 문제는 시에 관한 이러한 사유가 독자에게 상당한 충격과 난해함을 경험하게 만든다는 점이다. 요컨대 시는 언제나 현실 이상의 것을 추구함으로써 현실에서 탈출하려는 욕망의 행위이고, 때문에 이 욕망은 현실의 질서를 따르지 않는다. 상징주의자들은 이것을 예술적 충동은 일그러진 낯선 세계의 얼굴을 남긴다는 표현으로 설명했다. 이러한 비실재적 혼돈은 특히 랭보를 거치면서 이해할 수 없는 표현들, 가령 '피 흘리는 고기의 깃발'처럼 감각적인 이미지로 표현되지만 감각적으로 구체화하기 어려운, 현실적 등가물을 찾을 수 없는 표현들로 구체화되었는데, 랭보는 이것을 감각적 비실재성이라고 불렀다. 이러한 시에서의 감각적 비실재성이 회화에서 모방이라는 관습으로부터의 이탈과 동시에 발생했다는 사실은 징후적이다.

2

"모든 위대한 시인들은 자연적으로, 숙명적으로 한 사람의 비평가가 된다." 보들레르는 시가 본능의 산물이 아니라 시인의 비평적 지성의 산물임을 강조하면서 이렇게 썼다. 그러므로 이것은 모든 위대한 시인들이 시를 쓰면서 동시에 자신의 창작의 기본이 되는 규칙, 즉 시론을 쓴다, 라고 읽어도 좋겠다. 시인이 시를 쓸 때, 그는 사실 시론을 쓰는 것인지도 모른다. 모든 시는 결국 시론일 수밖에 없다. 파롤을 발화하면 동시에 랑그를 발화하게 되는 것처럼. 위대한 시인은 자신의 시론을 쓰지만, 그렇지 못한 시인은 타인의 시론을 착각 속에서 필사할 뿐이다. '시 = 언어 예술'이라는 등식에 관해 긴 설명이 필요했던 까닭도 여기에 있다. 함기석에게 그것은 '시'에 관한 교과서적인 설명이 아니라 시론이며, 따라서 그것을 이해하지 못하면 그의 시 세계도 이해할 수 없다. 함기석의 시는 현실이나 경험의 언어적 재현이 아니다. 또한 시인 자신의 감정을 표현하는 고백적 진술도 아니다. 그의 시적 주체가 초개인적인 중립성에 도달했다고 말하기는 어렵지만, '체험'이나 '고백' 같은 사적인 영역에서 한 걸음 떨어져 있는 것은 분명하다. 그에게 시는 명령어에 맞서 수행하는 '전쟁'이고, "무서운 질서"에서 벗어나려는 적극적인 '탈주'이다. 시에 관한 이런 사유는 "나에게 하나의 그림이란 파괴의 총합이다."라고 주장했던 파블로 피카소의 회화론이나 세계 파괴를 작시법의 중심으로 삼았던 랭보의 시론과 동일선상에 위치하고 있다. 중요한 것은 그러한 해체 ― 구성의 고유한 방법일 것이며, 우리가 함기석의 시에서 주목해야 하는 것 또한 그 고유한 방법, 즉 시론이다. 여기서의 시론이란 보편적 의미의 시에 대한 학문적 논의가 아니라 그 자신이 "아비의 우상들"이라고 말한 '언어 = 질서'를 해체 ― 구성하는 그만의 고유한 방식을 의미한다.

이것은 '형식 실험'인가? 하지만 이것은 '형식'으로 귀결되지 않으며, 불가피하게 근본적인 요소 하나를 특정해야 한다면 '언어 = 질서'에 관계되는 문제라고 말하는 것이 적절할 것이다. '언어'는 '형식'이 아니다. 이제까지 출간된 함기석의 시집들은 이 '언어 ― 질서'의 해체 ― 구성을 다양하게 변주하면서 그때마다 변형된 시론들을 선보였다.『국어선생은 달팽이』(1998)에서는 '언어 = 질서'에 대한 시인의 '방화(放火)' 의지가, 『착란의 돌』(2002)에서는 언어적 세계의 인공성과 감각적 비실재성이 중심이었다. 특히 『착란의 돌』의 첫머리에 배치된 '포도밭'이나 해부실험용 생쥐들이 갇혀 있는 '투명한 유리상자'라는 공간은 이 시집에 등장하는 공간들이 인위적인 공간이고 현실 세계와 분리되어 있다는 것을 알려주는 표지판이다. 그것은 이 시집의 공간들을 현실 세계와 연관시키지 말라는 '경고'이다. 이러한 인공의 언어 실험실은 『뽈랑 공원』(2008)에서 '뽈랑 공원'이라는 공간("20페이지에 뽈랑 공원이 나타난다"(「뽈랑 공원」)으로 변주된다. 한편 『오렌지 기하학』(2012)에서 시인은 '언어 = 질서'의 문제를 수학 기호의 영역과 시각적 이미지의 영역에까지 확대했는데, 특히 '수학 기호 = 언어'라는 문제의식과 수학적·기하학적 상상력의 두 방향이 분리/결합되는 양상을 반복하면서 시각 이미지라는 낯선 '시론'을 창안했다. 그래서 『오렌지 기하학』의 첫 페이지에 등장하는 "상상은 피로 물든 백지와 함께 나를 찾아온다"(「오렌지 기하학」)라는 진술 역시 이 시집의 세계가 전적으로 '상상'의 구성물임을 예고하는 안내판이라고 이해해야 한다. 이러한 사유에 따르면 시의 본질은 우리가 '시'라고 생각하는 안정화의 지점을 벗어나는 데 있으며, 따라서 '시'는 매순간 새롭게 창조되어야 하는 것이다.

누가 대패로 바다를 깎고 있다

하얗게 깎여 나오는 파도들, 물빛 나이테의 결과 결 사이로

어린 돌고래 떼 헤엄치고, 광활한 실내다

공중으로 반도의 섬들이 하나둘 해파리처럼 떠오르고

피아노에 앉아 있다 향나무 여자

대패가 지나간 등엔 검은 등고선들, 새들이 잔에 비친다

빛의 탄환들이 연속적으로 튕겨 오르는 유리의 살갗

소리가 진동할 때마다 파르르 물결이 울고

누가 또 이유도 모른 채 참살된다

벼랑엔 여자의 속눈썹 닮은 눈발들의 비명

어둠 속에서 건반들은 조용한 피를 흘리고 여자는 표정 없이

왼손으로 흐르는 피를 연주한다

떨어져 나간 오른손은 게처럼 홀로 해안 철책을 걷고

붉은 설탕처럼 바다로 쏟아지는 눈

잔이 담배 연기를 타고 입술로 옮겨진다 음률에 맞춰

혈관을 타고 마지막 악장을 향해 퍼져 가는 독

수평선엔 출렁이는 흰 돛배들

밀물이 물뱀인양 여자의 다리를 휘감는다

허리를 휘감아 오른다

손가락들은 파들거리는 은빛 지느러미의 물고기

누가 또 도끼로 건반을 찍는다

튕겨 오르는 흰 이빨들

공중의 섬들이 해저로 가라앉는다

건포도 빛깔의 울음을 내며 날아가는 새들

여자가 쓰러진 모래무덤에서 스멀스멀 글자벌레들이 기어
나오고

　벼랑 위엔 깃발처럼 나부끼는 혀

　　　　　　　　　　　　　　　—「낯선 실내악」

　함기석의 시는 쉽게 읽히지 않는다. 그러므로 쉽게 소비
되지도 않는다. 물론 이해할 수가 없다고 불평하는 사람들
도 있다. 흥미로운 것은 그들 대부분이 '시'에 관한 경험과
지식을 가진 사람들이라는 점이다. 그들에게 함기석의 시
가 난해한 이유는 함기석의 시가 자신들이 알고 있는 시
의 울타리를 벗어나기 때문이다. 그런 사람들에게 시는 곧
체험이나 고백처럼 자연적인 삶에 밀착된 글쓰기로 한정된
다. 또한 그들은 한 편의 시가 형상화하고 있는 세계가 작
품 바깥의 자연적 세계를 언어로 재현한 것이거나, 혹은 비
유를 통해 변형한 것이라고 단정한다. 시에 대한 이들의 불

평은 대개 알아들을 수 없는 시가 왜 필요하냐는 무용론으로 귀결된다. 이처럼 어떤 것에 대한 선(先) ─ 이해는 종종 선입견으로 바뀌어 중력 법칙으로 작용한다. 함기석의 시는 이들의 상식적 믿음과 다른 지평선 위에 놓여 있다. 예컨대 시집 『힐베르트 고양이 제로』의 첫 페이지에 배치된 「오르간」이라는 작품은 "바다 한복판에 오르간이 환하게 떠 있다"라는 진술로 시작된다. 이 진술은 바다 위에 오르간이 떠 있는 실제 현실을 재현한 것이 아니라 비유에 의해 변형된, 혹은 언어적으로 창조된 가상의 세계라고 이해해야 한다. 그것은 일종의 초현실로, 시는 비유를 이용하여, 회화는 특유의 변형 수단을 사용하여 각각 객관적인 대상들을 초현실적 형상으로 바꾼다. 그 변형은 시공간의 질서를 파괴하고, 모든 형상들의 윤곽선을 모호하게 만든다. 그러므로 "누가 대패로 바다를 깎고 있다"라는 인용 시의 첫 구절을 읽으면서 '대패'와 '바다'만을 떠올리는 것은 얼마나 허무한 일인가.

함기석의 시가 선명한 윤곽선을 추구하지 않는다고 추상회화라고 말할 수는 없다. '무제'를 선호하는 추상회화와 달리 그는 꽤나 선명한 제목을 제시한다. 시에서 제목은 일종의 안내문이다. 그러니까 '낯선 실내악'이라는 제목은 '실내악', 특히 '낯선'이라는 단어가 강조하는 장면을 상상하면서 읽으라는 충고인 셈이다. 그럼에도 불구하고 대패 ─ 바다 ─ 파도 ─ 물빛 ─ 돌고래 등의 시어들을 따라가다 보면 우리의 머릿속은 어느덧 바다 풍경에 점령되고 만다. 그것을 예상했을까? 시인은 "어린 돌고래"가 헤엄치는 장면 다음에 "광활한 실내다"라는 또 다른 화살표를 마련해 놓았다. 그리하여 우리의 정신이 '실내악'으로 되돌아오면 곧장 '피아노'에 앉아 있는 "향나무 여자"가 등장한다. 그런데 피아노를 연주하고 있는 여자의 형상은 우리가 익숙하게 연상할 수 있는 장면과 닮은 구석이 거의 없다. 그것은 마치 어떤 사물들이 있는 바다 풍경과 한 여자가 피아노를 연주하고 있는 실내악 풍경이 뒤섞여 만들어진 몽타주 장면처럼 조각 나 있다. 이 장면들을 어떻게 읽으면 좋을까? 실내악 연주가 불러일으키는 느낌을 언어화한 것이라고 읽어도 좋고, 이질적인 풍경을 몽타주한 것이라고 읽어도 좋으며, 비재현적 방식으로 만들어진 언어적 구성물이라고 간주해도 좋을 것이다. 분명한 것은 "피 흘리는 고기의 깃발"이라는 랭보의 표현처럼 "깃발처럼 나부끼는 혀"라는 진술이 감각적으로는 구체적이지만 실제로는 비실재적이라는 사실이다. 그것은 이 장면이, 표현이, 오로지 언어로만 존재하는 세계라는 의미이다.

3

함기석의 시는 '언어'에서 출발하지만 그것으로 귀결되

지는 않는다. 그의 시어들은 프랑스 상징주의자들의 그것처럼 절대언어를 지향하지 않으며, 시에서 감정, 고백, 체험 등 일체의 인간적 요소를 완전히 배제하지도 않는다. 시어를 '절대언어'의 층위에서 사고하려는 흔적은 '언어'는 명령어라는 자각으로 충만한 『국어선생은 달팽이』부터 수학적 상상력은 물론 수학적 기호와 수식들을 적극적으로 끌어들임으로써 '시'를 전쟁 기계로 만든 『오렌지 기하학』까지 폭넓게 분포되어 있다. 하지만 이번 시집은 시집 전체를 관류하고 있는 '죽음'의 풍경들로 인해 한층 정서적이면서 자연적인 삶에 가까운 세계를 포함하고 있다. 물론 이것이 곧 경험과 체험의 단계로 퇴각했다는 말은 아니다. 가령 시집의 후반부에 실린 「無」의 1연은 이렇다. "네가 만지면/ 증발하는 손/ 증발하는 돌/ 증발하는 숲" '無'라는 제목은 형이상학적인 느낌을 주지만 실제 이것은 사물의 물질성을 탈각시키는 '언어'의 특성을 보여 준다. 앞에서 우리는 시의 언어가 사물과의 관계를 전제하지 않는 언어라고 말했다. 또한 시에 등장하는 형상물들은 모두 물질적인 것이 아니라 언어적 사건이라고 설명했다. 즉 '토끼'라는 시어는 포유류 토끼과(科)에 속하는 동물이 아니라 '토끼'라는 언어기호일 뿐이다. 이 언어적 사건의 세계에서 불가능한 것은 없다. 그 세계에서는 귀, 코, 눈 등이 말을 하고(「얼굴」), "없는 여자의 없는 눈이 웃"(「양배추는 날 뭐라 생각할까」)기도 한다. "흥부가 기타로 변한 여자"가 등장해 "신음 속에서 0번

줄을 퉁"(「어느 악사의 0번째 기타줄」)기기도 하고, "내일이 왔다"(「유령 슈뢰딩거」)처럼 과거와 현재의 경계가 모호해지기도 한다. 그래서 우리는 "〈본다〉는 보지 못하고/ 〈말한다〉는 말하지 못한다"(「광주에서」)라는 진술을 이해할 수 있다. 따라서 「無」의 1연에서 "네가 만지면"이라는 조건은 언어가 사물의 물질성을 절멸시키는 것, 사물을 절멸시키는 시적 언어의 속성을 가리킨다. 손, 돌, 숲 등의 구체적 물질들은 시의 세계로 들어가는 순간, 달리 말해서 '언어'가 되는 순간 물질성을 모두 상실한다. '증발 = 無'는 이 상실의 다른 이름이다.

'언어'는 물질의 절멸/죽음을 전제한다. 언어화된다는 것은 물질성을 잃는다는 뜻이다. 그런데 '증발 = 無'가 아무것도 존재하지 않는다는 의미에서의 무(無)로 귀결되지는 않는다. 사물의 경우, 물질성을 잃는다는 것은 '언어'가 되는 것이며, 따라서 사물성이 사라진 자리에는 '언어'가 남기 마련이다. 한 가장(家長)의 죽음에 관해 이야기하고 있는 「모래가 쏟아지는 하늘」에서 시인은 장례 풍경을 "〈없음〉이라는 말의 있음을 아이의 〈눈〉에서 보고/ 〈있음〉이라는 말의 없음을 뒤집힌 〈곡〉에서 듣는다"라고 표현하고 있다. 자연적 존재였던 한 사내의 죽음은 "〈없음〉이라는 말의 있음"을 낳는다. 그것은 "〈있음〉이라는 말의 없음"으로 표현될 수도 있다. 화자는 이 가장의 죽음을 통해 자신은 물론, 이 세계의 숱한 사물들이 언젠가는 사라질 운명임을 예감하면서 "나도 봄도 이 목련나무 꽃길도 이미 〈없는 말〉이어서"라고 표현하는데, 사물의 '증발'은 〈없는 말〉이라는 단어를 남긴다는 의미이기도 하다.

　　열차가 달린다 나는 차창 밖 슬레이트집을 본다 지붕에서서 나를 바라보는 나를 바라본다 검게 탄 손을 흔들며 우는 일곱의 아이를 본다 하늘에선 방울방울 검붉은 노을이 링거액처럼 떨어지고

　　열차가 달린다 나는 잠든다 파란 빛이 흘러나오는 집으로 들어간다 말들이 묶여 있는 마당에서 사람들이 술을 마신다 상복을 입은 여자가 나를 데리고 방으로 들어간다 흰 천을 걷고 죽은 노인의 얼굴을 보여 준다

　　아흔 살의 나다 그의 뺨을 만지자 천장에서 주르르 모래가 쏟아진다 벽에서 아기의 혀들이 돋아나 뱀처럼 꿈틀거린다 알아들을 수 없는 말을 계속 떠든다 나는 초조히 방을 나가려 한다 그러나 문은 밖으로 잠겨 있고 마당에서 취한 사람들이 싸운다 말들이 싸운다

　　눈을 뜬다 열차가 정거장에 멈춘다 얼룩무늬 군복의 하사가 승차한다 미적분 책을 들고 대학생이 승차한다 외눈박이 고양이가 승차하고 종이로 뭉쳐진 아이도 승차한다 탑승객

들은 모두 내가 탄 9호실로 온다 모두 나의 얼굴과 똑같다

　불안하게 반대편 차창 밖으로 눈을 돌린다 검은 눈이 내리는 들판이 보인다 불길에 휩싸인 집들도 보인다 들판 위 공중으로 수많은 레일들이 깔려 있고 열차가 달린다 나를 태운 무수한 열차들이 달린다 폭풍 속으로 폭풍 속으로
　　　　　　　　　　　　　　　　—「폭풍 속으로 달리는 열차」

　한편 「모래가 쏟아지는 하늘」에 등장하는 화자의 진술은 함기석의 시 세계로 들어가는 유력한 입구처럼 보인다. 우리는 이미 함기석의 시가 왜, 어떻게 한 개인의 자연적인 삶이나 현실 세계를 대상으로 하는 재현의 시학과 다른 지점에서 출발했는지 살폈다. 만일 그의 시론을 비(非)재현의 시론이라고 말한다면, "〈없음〉이라는 말의 있음을 아이의 〈눈〉에서 보고/ 〈있음〉이라는 말의 없음을 뒤집힌 〈곡〉에서 듣는다"라는 진술은 비(非)재현의 구체적인 창작 방법이라고 말해도 좋겠다. 그에게 시는 '있음'을 재현하는 투명한 기술이 아니라 '있음'에서 '없음'을, '없음'에서 '있음'을 읽고, 듣는, 만지는, 현실을 초과하는 감각술이다. 아니, 사실 그것은 '시'의 고유한 특징이기도 하다. 우리는 이것을 '상상력'이라는 단어로 설명해 왔다. "돌을 보고 새를 그린다/ 돌에서 흘러나오는 하늘을 그린다/ 돌의 숨소리를 그린다// 의자를 보고 말을 그린다/ 말의 날개를 그린다/ 말의

자궁과 무덤을 그린다// 눈을 그린다/ 눈의 실종을 그린다/ 그늘 속의 죽은 빛, 빛의 사체들을 그린다"(「화가 난다」)라는 진술은 이런 맥락에서 이해되어야 한다. 회화의 핵심이 사물 — 대상의 재현이 아니듯이, 시의 본질 또한 눈에 보이고 귀에 들리는 것을 언어화하는 것이 아니다. "왜 나는 굽은 뱀의 육체에서 삼차방정식 곡선을 보는가"(「살모사 방정식」)

함기석 시의 초(超)현실이란 바로 이렇게 지금 — 이곳과는 다른 것, 다른 세계를 보는 것이고, 지금 — 이곳을 변형하여 그것의 질서, 권력, 정당성을 끊임없이 불가능하게 만드는 예술적 전쟁이다. 「폭풍 속으로 달리는 열차」를 보자. 화자는 지금 기차를 타고 있고, 창문을 통해 창밖의 풍경과 창에 비친 자신의 모습을 보고 있다. 창밖을 바라보던 화자는 어느 순간 잠이 들어 꿈속에서 어떤 장면을 목격한다. 그것은 "아흔 살의 나"의 장례식 장면이다. 흔히 우리가 꿈에서 목격하는 것은 과거의 장면들이지만 지금 화자는 미래와 조우하고 있다. 이 낯선 풍경은, 그럼에도 불구하고 "나는 잠든다"라는 예비적 진술 때문에 어느 정도는 용납된다. 즉 이 낯선 초현실은 '꿈'이라는 전제 때문에 허용되는 것이다. 그런데 이러한 초현실은 "눈을 뜬다" 이후에도 여전히 지속된다. 화자가 눈을 뜬 이후에 목격하는 풍경은 오히려 '나'의 과거들, 그러니까 얼룩무늬 군복을 입은 하사, 미적분 책을 들고 승차하는 대학생 등이다. 화자는 그들을 "모두 나의 얼굴과 똑같다"라고 말한다. 그렇다면 이들은 '나'의 과거들일까? 하지만 이들 무리에는 "외눈박이 고양이"와 "종이로 뭉쳐진 아이"도 있다. 그렇다면 그들도 '나'의 과거라고 말해야 할까? 그리고 마지막 연에서 열차는 "나를 태운 무수한 열차들이 달린다"처럼 증폭된다. 이러한 시적 진술은 우리가 이 시를 시인의 꿈 이야기로 읽을 수 없도록 만든다. 그러니까 르네 마그리트의 작품들처럼 우리가 현실이라고 말하는 것과 초현실이라고 말하는 것의 경계가 분명하지 않음을, 약간의 언어적 변형만으로도 전자는 후자가 될 수 있음을 보여 주는 사례인 셈이다.

4

함기석에게 시는 현실에 반(反)하는 초현실의 전쟁이고, 질서에서 탈주하는 언어적 탈옥이다. 바깥의 언어, 그에게 '시 = 언어'는 탈옥수들인지도 모른다. "탈옥한 글자들이 총을 쏘며 빌딩 숲을 달린다"(「탈옥수들」, 『오렌지 기하학』) 언어의 탈(脫)구축, 수학적 기호와 수식, 기하학적·자연과학적 상상력, 시각적 이미지 등은 그가 이 전쟁에 동원한 무기들의 목록이다. 전쟁 기계로서의 시. 하지만 이 초현실 전쟁의 핵심은 파괴가 아니라 창조이다. 여기에서 문학의 본질은 우리가 알고 있는 익숙한 문학의 재생산이 아니라 미지의 것을 발견하거나 발명하는 일이다. 초현실의 전쟁은 현실 — 질서와 다른 어떤 것을 생산함으로써만 시작된다. 이 발명을 통해 미래의 시가 도래한다. 현실 — 질서와 뚜렷이 변별되는 시적 상황을 주로 제시했던 이전과 달리 함기석의 이번 시집은 현실과 초현실의 경계가 한층 모호한 상황을 주로 제시함으로써 현실의 내부에 구멍, 즉 공백이라는 사건을 기입하는 장면들을 자주 보여 준다. 이것은 처음부터 일상/현실과 다른 층위의 초현실을 구성하지 않고 현실과 초현실의 불투명한 경계를 최대한으로 밀고 나가는 전략의 결과처럼 보인다. 재생산의 문학이 재현하는 현실과 질서의 공리계에 대항/저항하면서도 그 세계의 바깥을 선험적으로 가정하지 않는 내파(內波). 그리하여 이번 시집에는 전작『오렌지 기하학』에서 보여 주었던 파격적인 해체나 실험이 사실상 등장하지 않는다. 그럼에도 불구하고 함기석의 시는 초현실적인 긴장감으로 충만하여, 저항과 유희, 우연과 필연의 경계선을 넘나든다. 이전의 시편들이 자연적 삶과 '시 = 언어'를 선명하게 단절시키는 방향을 유지했다면, 이번 시집은 그것들이 불연속적이나 결코 무관한 관계가 아님을 강조하는 모습을 보여 준다. 이를 위해서 시인은 지극히 일상적인 장면들을 언어화하는 동시에 그 안에 '일상'으로 환원될 수 없는 이질적인 세계를 슬쩍 끼워 넣는다. 르네 마그리트의 회화처럼 초현실로 나아가는 첨점은 일상적 풍경에 사소한 변형/변이를 더하는 것만으로도 획득할 수 있다. 가령 '살모사 방정식'이나 '함박눈 함수' 같은 제목들은 평범한 사물/대상에 수학적 관념을 덧붙이는 것만으로도 초현실화 효과를 만들어 낸다.

이렇게 묻고 싶은 사람들도 있을 것이다. 왜 시가 이렇게 어려워야 하며, 무엇을 위해 시를 이렇게 써야 하느냐고. 함기석의 시는 일체의 규범성에 맞서는 불협화음의 언어, '바깥의 언어'를 이 세계에 끌어들인다. 그것은 시가 언어가 언어에게 던지는 질문이 되게 하고, 시 쓰기를 언어의 바깥을 언어로 담아내는 고독한 행위에 근접시킨다. 시에서의 고독이란 혼자 있는 상태가 아니라 이처럼 '이해'를 등지고 걷는 순간을 가리킨다. 이러한 시적 모험은 현대적인 독서 속도, 즉 소비에 저항하는 읽기를 요구한다. 하지만 그러한 인내심을 가진 독자는 불행하게도 매우 소수이다. 그렇다고 일상적인 '언어'가 '권력 = 감옥'으로 기능하는 명령어이고, 그것의 억압으로부터 탈출하려는 창조적 파괴가 부당하다고 말할 수는 없다. 그렇게 말하는 것은 왜 억압에 저항하느냐는 진술만큼이나 난센스이다. 인권이 초월적 권리가 아니라 인간다운 삶을 위해 싸울 권리이듯이, 인간의 인간다움이란 거부의 몸짓에서 비롯된다. 시인이, 예술가가 자유로운 존재인 이유 또한 그가 선택받은 존재이기 때문이 아니라 현실의 공리계를 쉽사리 수락하지 않기 때문이다. 그것을 위해 함기석의 시는 끊임없이 초현실을 생산한다. 의도적으로 생산된 초현실, 그것은 시적 사건이고, 그러므로 언어적 사건이다.

지은이   함기석

1966년 충북 청주에서 태어나 한양대학교 수학과를 졸업했다. 1992
년 《작가세계》로 등단했으며 시집 『오렌지 기하학』, 『뿔랑 공원』, 『착
란의 돌』, 『국어선생은 달팽이』, 동시집 『숫자벌레』, 『아무래도 수상
해』, 동화집 『상상력학교』, 『코도둑 비밀탐정대』, 『야호 수학이 좋아
졌다』, 시론집 『고독한 대화』 등이 있다. 박인환문학상, 이형기문학
상, 눈높이아동문학상을 수상했다.

힐베르트 고양이 제로

1판 1쇄 펴냄 2015년 7월 17일
1판 2쇄 펴냄 2017년 6월 12일

지은이 함기석
발행인 박근섭, 박상준
펴낸곳 (주)민음사

출판등록 1966. 5. 19. (제16-490호)
서울특별시 강남구 도산대로1길 62(신사동)
강남출판문화센터 5층 (우편번호 06027)
대표전화 515-2000 / 팩시밀리 515-2007
www.minumsa.com

ⓒ 함기석, 2015. Printed in Seoul, Korea

ISBN 978-89-374-0831-1 04810
       978-89-374-0802-1 (세트)

※ 이 책은 한국문화예술위원회가 시행하는 2014 아르코문학창작기금을 받았습니다.

민음의 시

민음의 시
목록